여자
leftovers

저자 김민주

정치학과 철학을 전공한 연구자이자 히스테리안 출판사의 연구책임자이다. 『오드라데크: 정해져 있지 않은 거주지』(2022), 『환향년撚』(2019), 『미칠년撚: 여성적 글쓰기』(2018) 등의 공저에서 철학과 예술을 다루는 글을 썼다.

여 자
leftovers

김민주 지음

Hysterian

차 례

여 자
- 틈 ············· 11
- 말 ············· 13
- 집 ············· 19
- 길 ············· 23
- 글 ············· 27
- 기분 ············· 33
- 시간 ············· 39
- 뜬구름 ············· 43

여 행
- 이사 ············· 49
- 여행 ············· 53
- 겨울 ············· 57
- 자리 ············· 61
- 비 ············· 67
- 물 ············· 73
- 나무 ············· 79
- 산 ············· 83

섬	87
모래	91
산호	97
숨	101

여 생

냄새	109
여자	113
몸	119
돌	127
마음	133
남	141
잔여	149
포옹	155

잔 여

글쓰기	161
여자 2	171

인간은 신이 아니어서
동시에 모든 것일 수 없다.

여자
餘字

틈

누구나 찬찬히 생각을 해본다면 자기가 있는 곳과 자신이 딱 들어맞지는 않는다는 걸 깨달을 것이다. 우리가 태어난 장소는 우리에게 너무 크거나 작아서 저 공간과 내 몸 사이 틈을 발견할 때면 휘청하고 마는 것이다. 그리하여 우리 몸을 덮은 살가죽은 어느 곳 하나 예외 없이 한 번은 우주로 삐져나갔다 돌아온다. 고향이 항상 과거에 있고 집은 얼마간 떨어진 곳에 짓기 마련인 건 그런 탓이다, 라고 모험가가 말했습니다.

말

그러니까 인간은 많은 것을 경험해야 한다, 하고 기자가 말했습니다. 더 많은 것을 보고 알고 기록하기 위해 더 많이 걷고 더 오래 깨어 있는 것이야말로 인간이 시대를 마주 보고 행할 수 있는 가장 인간적이고 지성적인 일이다. 가치 있는 것을 향해 스스로를 밀어붙이는 숭고한 삶에 관한 말이 계속 이어졌지만 많고 빠름의 개념이 더 많이 빠르게 반복되자 그만 현기증이 일어 담아 들을 수가 없었습니다. 기자는 오래된 질서와 신앙으로 살아온 자기

부모를 미워한 게 틀림없습니다. 하지만 부모로부터 도망치는 데 성공하고서도 성실한 현대인이 되는 게 반항의 전부였으니 그건 아주 성공적인 해방은 아니었을 것입니다. 여러 개의 영혼을 갖는 건 전혀 문제가 아니다. 우리가 정말 두려워해야 할 건 우리 안에 있는 다른 영혼을 죽여서 자기 하나만 남기는 것이다, 라고 소설가가 말했습니다. 너는 말이야, 철학을 하려면 지금보다 훨씬 더 분열돼야 해, 라고 의사가 말했고 그런 말은 어지럽게 펄럭이는 얇은 천 같던 마음을 뾰족한 핀으로 꿰어 어딘가에 매달았을 때처럼 속이 놓이게 합니다. 철학을 배우던 시절 저는 학자와 철학자를 구별 못 해 여러 번 곤란했습니다. 정치학을 공부하던 때에는 정치와 철학이 몹시 헷갈렸습니다. 지금은 학문과 철학과 정치가 하나 될 때와 그렇지 않을 때를 분별합니다. 아마 사람들이 학자를 찾아가고 싶게 만드는 건 철학자가 던지는 질문인 것 같고, 또 정치에 철학이 필요한 것은 분명하지만 정치라는 개념에서 덜 중요한 것을 모두 벗겨낸다면 남는 것은 저 당연이라는 구조를 미래에서 온 눈으로 보는 대신 비시간에 가까울 만큼 짧은 당장이라는 시간 속에 현실화하려는 마음일 것입니다. 참으로 우리에게는 '이 일을 당장 해야 합니다'라고 말하는 사람과 '이 일을 당연히 해야 합니다'라고 말하는 사람이 있습니다, 라고 또 다른 소설가가 말했습니다.❞ 과연, 세상의 결함을 섬세하게 인식하는 인간들은 의미를 지어 당연과 실존 사이를 채우지 않고는 배길 수가 없습니다. 무언가를 창조하여 세계 안에 끼워 넣어야만 하는 종인 예술가는 그렇게 태어납니다. 그리하여 그네는 정의상 완벽주의자이거나, 자신도 세계의 일부이기 때문에 자기가 결함이라고 불렀던 바로 그러한 속성이 제 모든 창조물에 지문처럼 남으리라는 사실을 깨닫고 기실 그 자체로 결함이었던 이 세계와 화해하기로 결정한 현자이거나, 둘 중 하나가 되는 것입니다, 라고 여자가 말했다.

● 튀르키예 소설가 오르한 파묵(Orhan Pamuk, 1952~)은 파리 리뷰지에서 진행한 2005년 대담에서 이렇게 말했다. "터키가 두 가지 정신을 갖는 것, 두 가지 서로 다른 문화에 속하는 것, 그리고 두 가지의 영혼을 갖고 있는 것에 대해서 걱정할 필요가 없습니다. 정신분열은 사람을 지적으로 만들어줍니다. 현실과의 관계를 잃을지도 모르지만 정신분열에 대해 너무 걱정할 필요는 없습니다. 저는 허구를 쓰는 작가이므로 그게 그렇게 큰일이라고 생각하지는 않습니다. 당신의 한 부분이 다른 부분을 죽이는 것에 대해 너무 걱정을 많이 하면 하나의 영혼만 가지게 됩니다. 그게 분열되어서 아픈 것보다 더 문제이지요. 제 생각은 그렇답니다." (김진아·권승혁 옮김, 『작가란 무엇인가 1』, 서울: 도서출판 다른, 2014, 187면)

●● 이탈리아 소설가 움베르토 에코(Umberto Eco, 1932~2016)는 2008년 대담에서 이렇게 말했다. "지식인의 기능은 미리 어떤 일을 얘기해주는 것입니다. 즉, 극장이

오래되고 낡았다면 그 사실에 관심을 기울이는 것이지요. 시인의 말은 예언적인 호소문의 기능을 갖습니다. 지식인의 기능은 '우리가 이 일을 지금 당장 해야 합니다'["We must do this now!"]가 아니라 '우리는 이 일을 당연히 해야 합니다'["We should do that"]라고 하는 것입니다. 현재 당면한 일을 하는 것은 정치가의 일이지요." (위의 책, 53면, 원문을 일부 추가함.) 단, 위 한역본은 오역의 가능성이 있다. 원본에 따르면, 예언적인 호소문 역할을 하는 것은 시인이 아니라 지식인의 말이고, 언급된 두 선언의 차이는 '당연히'라는 번역어가 암시하는 당위의 강조보다는 상황에 대하여 즉시 행동하려 하는 경우(정치가, "must do this")와 미래의 위험을 미리 지적하는 경우(지식인, "should do that") 간의 시점 차이에 있다. 원문은 Umberto Eco, The Art of Fiction No. 197, Interviewed by Lila Azam Zanganeh, *The Paris Review* Issue 185, Summer 2008 (https://www.theparisreview.org/interviews/5856/the-art-of-fiction-no-197-umberto-eco)에 있다.

집

집을 찾아 떠돌아다닌지 벌써 이십 년째입니다. 그간 심양(瀋陽)도 가 보고, 태어난 마을에도 가 보았고, 거처를 옮기며 서울을 유랑하고, 오키나와와 빈과 울룰루에 머물러도 보았지요. 그래서 찾은 게 무어냐 하면 집은 아니고 호텔방 취향이었습니다. 창문이 열리고 침대가 하나고 냄새가 없고 일 층 안내실에 언제나 사람이 있는 호텔을 좋아하게 되었어요, 라고 여자가 말했다.

  나는 내가 집이 있다고 생각한 적이 없

어, 하고 다른 여자가 말했다. 집이어야 한다던 곳이 있는 줄은 알았지. 그런 데가 있기는 해. 그렇지만 거기에 자기 집을 받아다 가진 건 남들뿐이야. 여자는 집이 없어. 남은 사람은 집을 가져다 지어야 돼, 하고 또 다른 여자가 말했다.

그러고 보니 내 집은 왜 저것이 아니라 이것인가 궁금해하던 때가 있었습니다, 하고 여자가 답했다.

우리가 머무를 수 있고 몸을 숨길 수 있는 집은 우리가 어린 시절부터 배운 이 말 속에 터를 두고 있습니다. 그래서 말로 된 작은 집을 세우는 것이 저에게는 오랜 관건이었습니다, 하고 옆에서 듣던 남자가 거들었다.

● 프랑스의 철학자 미셸 푸코(Michel Foucault, 1926~1984)는 1968년 클로드 본푸아와 나눈 대담에서 이렇게 말했다. "결국 우리가 머물 수 있고, 우리 몸을 숨길 수 있는 유일한 집, 우리가 걸을 수 있는 유일한 땅, 유일한 진짜 조국은 분명 이 언어작용, 우리가 어린 시절부터 배웠던 이 언어작용입니다. 따라서 내게 관건은 이 언어작용을 다시 되살리는 것, 내가 주인이 되는 동시에 그 은밀한 부분을 알게 될, 언어로 된 일종의 작은 집을 세우는 것이었습니다. 나는 바로 이것이 나로 하여금 글을 쓰고 싶게 만든 이유라고 믿습니다." (미셸 푸코, 허경 옮김, 『상당한 위험: 글쓰기에 대하여』, 서울: 그린비, 2021, 19면)

길

인간이 살면서 할 수 있는 노력에는 총량이 정해져 있다고 생각해요. 모든 책을 읽을 수는 없어요. 모든 이야기를 쓸 수도 없구요. 내 남은 힘으로 무슨 말부터 할지 선택하려면 이미 마주친 것을 유심히 살펴보는 수밖에 없습니다, 라고 학자가 말했다. 모든 것을 담은 책 하나를 찾기 위해 이 일을 하고 있다고 생각하지 않기로 했습니다, 라고 학자가 이어 말했다. 학자의 옷에는 머리카락이 군데군데 붙어 있었다. 모든 말을 담은 책을 지키는 도서관장을 더는 섬기지 않는다는 소문은 이미 들었습니다, 하고 여자가 답했다. 식당은 조용했다. 그들은 대대로 도서관장을 지낸 사람들이 묻힌 무덤을 지나 그곳에 자리를 잡은 참이었다. 그래서 읽기가 저에게는 올해의 주인공이에요, 라고 예술가가 말했다. 이해에 정답이 있는 글을 읽는 게 항상 두려웠는데 남의 의중을 읽는 일에 조금 익숙해져 보려고 해요, 라고 예술가가 이어 말했다. 소파에 동그랗게 파묻혀 미색 종이에 집중한 예술가의 모습이 어렵지 않게 떠올랐다. 여자는 정답이 없는 세계로 들어선 학자와 정답이 있는 세계에 놓인 예술가 중 누가 더 혼란스러울지 생각했다. 어찌 되었든 그들은 나침반을 하나씩 만들어야 할 것이었다.

● 아르헨티나의 소설가 호르헤 루이스 보르헤스(Jorge Luis Borges, 1899~1986)는 1941년에 출간한 단편「바벨의 도서관」에서 이렇게 말했다. "또한 우리는 당시의 또 다른 미신에 대해 알고 있다. 그것은 '책의 사람'에 관한 믿음이었다. 어느 육각형 진열실의 어느 책장에는 '나머지 모든 책'의 암호 해독서이면서 완벽한 개론서가 존재하고 있음이 틀림없다고 사람들은 주장했다. 한 사서가 틀림없이 그 책을 살펴보았으며, 그래서 그 사서는 신과 유사하다는 것이었다. 이 구역의 언어에는 아직도 아득한 옛날의 그 사서를 숭배하는 종파의 흔적이 남아 있다. 많은 사람들이 '그'를 찾아 순례를 떠났다." (호르헤 루이스 보르헤스, 송병선 옮김,『픽션들』, 서울: 민음사, 2011, 105-106면)

글

시간이 속절없이 흐르고 나는 사랑 받는 일 없이 빠르게 늙어간다, 라고 여자가 말했다. 파란 하늘이 필요하다 물이 필요하다 하면서 도망치듯 따듯한 섬으로 저를 추방하고서는 고향집에서 짓던 의미를 셈하기만 꼬박 사흘이 된 날 어느 하나 영원하지 않다는 생각에 이르고서야 다시 공책을 펼쳤어, 라고 말한 후 여자는 잠시 울었다. 갈수록 빨라지기만 하는 삶을 망치로 내려쳐서 구부러지고 튀어 나온 작은 부속품들 시체를 눈으로 보아야만 속이 시원한 거야. 그러고 나면 편히 웃을 수 있는가 하면 내 평생 해온 연구는 한 번도 행복을 알아낸 적이 없고 저 빈 구덩이에는 낱자가 부피도 없이 한겹으로 쌓여 나무 뿌리 모양으로 까맣게 진해질 뿐 조금도 하늘과 가까워지질 않아. 거기에 서로 달라붙어 있는 글자들한테서 나는 아무런 의미도 꺼낼 수가 없었어, 하고 여자가 이어 말했다. 하지만 말이야, 글은 자기한테 의미가 없다는 걸 오래 알았고 개의치도 않는 것 같아, 라고 여자는 말했다. 그래서 이제는 돌산 같은 벗이 된 글이 나를 매번 삶으로 돌려보내는 거야. 아기의 얼굴을 가지시게, 간이 웃게 하시게, 머리를 침범해 오는 장소와 굳어가는 이상과 오래된 성분들을 연구하시게, 하면서 말이야, 라고 말하고 여자는 잠시 생각했다. 그게 다 내 몸만 한 거울에 가뿐히 담길 게 분명하기는 해, 라고 여자는 덧붙였다.

안달이 날 때는 어떤 부분이 제대로 되

지 않았기 때문인데 그런 부분은 없애버리릴 필요가 있습니다, 라고 맞은편에 앉은 여자가 말했다. 사유가 글이고 말이 철학인 자에게 말과 글을 멈추기란 스스로 죽음에 이르는 일과 매한가지입니다. 그렇지만 순례하는 인간은 제 당연을 죽임으로써만 그 주검이 덮고 있던 다른 진실들을 발견하니 당신이 글과 말을 벗어나 산책하던 시기에 생각과 깊이 교감하였던 것은 우연한 일이 아닙니다. 걷는 자는 발을 내딛는 것이 곧 발을 떼는 것임을 알고 있습니다. 걷는 자는 중히 보관하던 깨달음을 매 발걸음에 버리지요. 삶이었던 것의 일부를 부지런히 대지로 보내고, 살틈을 비워 몸에 얹고, 획득하는 시점에 가장 낡은 것이 되는 깨달음만을 가지고 나아가는 것입니다, 라고 여자가 말을 이었다. 저는 말과 글이 태양처럼 내리쬐는 세계에 태어났지만 제가 쥔 작은 촛불은 언제나 보았다고 생각한 것과 말할 수 없다고 느끼는 것 사이를 어른거립니다, 라고 말한 후 여자는 잠시 침묵했다. 살에서 떨어져 나오려 요동하는 저 미세한 요철들이 그곳에 그림자를 이루고 있는 것이 보입니다. 그러다 해가 모든 것을 비추러 나오면 하나가 되어 사라지고 맙니다. 저는 없는 듯이만 있는 그네들을 바라보거나 생각했습니다. 말이 되지 않는 것들이 거기에 있습니다. 그러니 쓰기가 두렵지 않고 말하기가 어렵지 않은 날은 앞으로도 없을 것입니다. 성패는 중요하지 않음을 알 뿐이지요, 라고 여자는 말했다.

가만히 바라보면 알 수 있습니다. 우리는 서로에게 엉켜 있고 우리 자신을 이루는 욕망도 여러 가지가 한데 뭉쳐 있지만, 젓지도 않고 다른 걸 더 쏟아 넣지도 않고 그대로 내버려두면 흘러온 방향대로 흐르고 회전하기를 계속하다가 이내 동력이 다한 것은 움직임을 멈추어 자신의 모양을 드러낼 것이고 여전히 동력이 흘러들어 계속해서 움직일 수 있는 것은 그런 모양으로 남아있을 것이기 때문입니다, 하고 여자가 다시 입을 열었다. 그렇게 해서 중심이 무거운 공이 되면 모든 방향으로 스치는 바람을 따라 모든 방향으로 들썩이는 대신 모르는 방향에 가만히 몸뚱이를 맡기었다가 미세하게 달라진 자리로 돌아오는 것이 가능해집니다, 라고 여자가 말했다.

● 미국의 소설가 토니 모리슨(Toni Morrison, 1931~2019)은 1993년 대담에서 이렇게 말했다. "초조해해야 할 때를 아는 것이 중요합니다. 안달이 날 때는 어떤 부분이 제대로 되지 않았기 때문인데, 그런 부분은 없애버릴 필요가 있습니다." (김진아·권승혁 옮김, 『작가란 무엇인가 2』, 서울: 도서출판 다른, 2015, 304면)

기분

새로운 곡을 안 만들면 불안해서 계속 곡을 쓰고, 하고 남자가 운을 뗐다. 그는 커피를 받아 들었으나 마시지는 않았다. 추운 날이었다. 어디선가 끊임없이 외풍이 들었다. 불안해서 쓰고, 쓰지 않으면 불안하고, 불안은 쓰지 않아서 생기고, 쓰면 또 한동안은 불안하지가 않고. 제가 아는 건 그게 다입니다, 하고 남자가 이어 말했다.

　의미가 없기는 한데, 하고 여자가 말했다. 의미가 없다는 걸 잊어버리는 거나 신에게 의미를 구걸하는 건 안 된다고 하네요. 꼼짝 없이 직접 의미를 만들어야 하니 부담스러운 상황이기는 해요, 하고 여자가 이어 말했다. 여자는 천천히 창으로 시선을 돌렸다. 구름이 먼지에 가려 해만 부옇게 빛나고 있었다. 동네 고양이들이 이따금 종종걸음으로 찻길을 횡단했다. 여자는 배가 고팠다. 고양이들은 하나같이 발이 차가웠다.

그게 문제예요. 신들이 지어 둔 걸 주워 먹는 일은 너무 달고 쉬운 거예요. 좋은 영화를 볼 때마다 죄책감에 시달린다니까요, 라고 남자가 말했다. 그래도 영혼을 축축하게 해 두려면 많이 봐 두는 수밖에요, 하고 여자가 답했다. 영혼을 축축하게요, 라고 남자가 따라 말했다. 남자는 비수기를 지나고 있었다. 하루에 달이 두 번 뜨는 계절이었기 때문이다. 상담사는 언제인가 숨 고르기 같은 거네요, 라고 말했고 남자는 그 이름이 적절한지 여태 고민하고 있었다.

하고 싶은 걸 하니까 불안이 사라졌다면 불안은 하고 싶은 대로 하고 있지 않아서 생기는 건가요, 하고 여자가 물었다. 내가 하고 싶은 것과 나에게 바라는 것을 구분할 수 있으신가요, 하고 남자가 되물었다. 나 자신한테 바라는 것이 남이 만든 것일 수도 있기는 해요, 하고 상담사는 말했다. 그래서 해야 할 일을 다 이루면 어떤 점이 좋아요, 라고 상담사는 물었다. 좋은 점이요, 하고 남자는 뜸을 들였다.

가고 싶은 곳이 생기면 어떻게 하세요, 하고 여자가 물었다. 가도 되나요, 하고 남자가 물었다. 원론적으로는 그렇지요. 가도 돼요, 하고 여자가 답했다. 여자는 자기 집에 사는 고양이는 발이 안 추운지 궁금했다. 어디든 당장 가야 할 때는 집에서 가장 큰 화면을 켜고 소리가 있는 바다에 들어가 남들이 만든 걸 주워 들어요, 라고 남자가 말했다. 뒤로 산이 보이는 엄청 큰 호수를 꼭 가보고 싶은데 말이에요, 라고 남자가 작게 덧붙였다. 남들이 만들어 놓은 걸 보는 수밖에요. 내 잎은 왜 안 피나 하고 불평해 보았자 소용없어요. 겨울에는 살아만 있으면 돼요, 하고 여자가 잘라 말했다. 춥죠. 어제는 도저히 밖으로 나갈 수가 없어서 두꺼운 커튼을 치고 난로를 옆에 두고 하루 종일 요가 매트 위에 누워 있었습니다, 라고 남자가 말했다. 좋은 커피를 두고 드세요. 싸구려 가루 커피는 곰팡이 핀 콩으로도 만들고 그런대요, 하고 남자가 덧붙였다. 믿고 싶지 않은 이야기네요, 라고 여자가 답했다.

● 밴드 실리카겔의 김한주는 한 다큐멘터리에서 이렇게 말했다. "새로운 곡을 안 만들면 조금 불안해서 계속 곡을 쓰고, 멤버들에게 계속해서 무언가를 던지고 제안하는 역할이다 보니까 계속 하기는 하는데, 마음 한편으로는 걱정을 하죠. 멤버들이 조금 부담스럽고 피곤하고 혹은 나라는 사람에 대한 질림이나 싫증이 생기지는 않을까 하는 그런 걱정." (영상 '실리카겔', EBS 스페이스 공감, 2024)

●● 밴드 혁오와 선셋롤러코스터는 이런 노랫말로 노래를 불렀다. "Meaning's always meaningless." (혁오 & Sunset Rollercoaster, 곡 'Young Man', 2024)

시간

남자는 위대한 작가의 책과 평전을 샀고 그가 역사 철학 예술 할 것 없이 얼마나 다양한 분야에서 뛰어난 글을 썼는지 설명하기 시작했다. 남자에 따르면 위대한 작가의 친구 하나가 이 애가 아무리 천재여도 갑자기 소설을 쓰라 하면 쉽지 않겠지 하는 짓궂은 마음으로 그에게 소설을 한 편 청하였는데 예상과 달리 그가 처음 쓴 소설은 너무나 훌륭했고 현재까지도 널리 읽히고 있다. 그 사람은 어떻게 그렇게 될 수 있었을까? 여자가 물었다. 여자의 마음에 질투가 불처럼 일었다. 여자는 아름다움을 신봉하였고 매일 아름다운 문장에 흡족해하거나 아름답지 못한 말을 벌하였다. 그때는 지금처럼 성가신 게 별로 없어서 혼자 집중할 수 있는 시간이 더 많았던 게 아닐까? 하고 남자가 답했다. 여자는 동의하지 않았다. 모든 시대에는 저대로 성가신 문제가 있었을 것이다. 성가신 일을 제쳐두고 위대한 작가는 뭘 한 것인지, 여자가 궁금한 건 그것이었다. 아마 엄청나게 많이 읽었겠지? 여자는 말했다. 아마도, 하고 남자가 답했다. 나도 엄청나게 많이 읽고 싶어, 라고 여자가 말했다. 읽을 것과 읽을 시간만 있으면 다른 것은 아무래도 상관없을지도 몰라, 하고 그가 덧붙였다. 여자는 자유를 찾아 도망 다녔고 한때는 둔주꾼들의 우두머리가 되기도 하였으나 모든 곳에 갈 수 있는 몸이 되어도 동시에 모든 곳에 있을 수는 없으므로 어디에 머무르든 다른 장소를 탐하는 마음에 자유롭지 못하리라는 것을 처음부터 알고 있었다. 하지만 읽는 동안이라면 무한히 많은 다른 시간 중 하나를 몸 둔 장소에 겹쳐 두었다가 언제든 다른 곳으로 드망할 수 있을 것이었다. 아름다운 곳에서 엄청나게 많이 읽으면서 시간을 보내야겠다, 라고 여자가 말했다. 하지만 많이 읽는 사람이 모두 아름다운 걸 만들 수 있는 건 아니야, 하고 여자는 생각했다.

● 영국의 지식인 존 러스킨(John Ruskin, 1819~1900)에 관한 일화다.

뜬구름

뜬구름 같은 삶이 될까 봐 두려워요, 라고 여자가 말했다. 뜬구름 잡는 삶이 실패한 삶인 겁니다, 하고 남자가 말했다. 가부좌 튼 다리가 간신히 들어갈 면적으로 자리를 깔고 아스팔트 위에서 여름 내내 여자를 기다린 남자는 여자가 읽지 못하는 글자가 빼곡히 적힌 손바닥 크기의 수첩에 코를 박고 한참을 들여 여자의 일생을 더하고 빼고 나누는 데 여념이 없었으나 무엇이 실패한 삶인가에 관한 철학을 말하는 대목에서는 기꺼이 고개를 들고 여자의 눈을 바라보았다. 여자는 남자의 눈이 빛나는 것을 보았다.

뜬구름이 뭔가요, 하고 누군가 물었다. 뜬구름은 글자만 보면 떠 있는 구름을 말합니다. 구름은 항상 하늘에 떠 있을 테니 그냥의 구름과 다를 바가 없지요. 하지만 이 동네에는 '뜬구름 잡는다'는 말이 있습니다. 이 경우에는 허황된 것을 좇는다는 부정적인 뜻이에요, 하고 다른 사람이 답했다. 우리가 처신하는 땅에 이를 때에야 참되게 있는 것이고, 이상에 골몰하여 허공을 헤매는 것은 헛된 것이라 함이오, 하고 또 다른 사람이 거들었다.

어찌 되었든 자기가 사랑하는 것을 보고 써야 할 운명입니다, 하고 모르는 사람이 여자에게 말했다. 여러 곳을 방랑하며 낯선 낯을 눈에 담아야 할 테니 고정 주소를 두고 사는 것은 천성과 맞지 않을 것입니다, 하고 모르는 사람이 말을 이었다. 과연 여자는 비가 쏟아지는 날이면 폭이 넓은 치마를 두르고 먼 길을 다녀오고는 했다. 젖은 치맛단을 말리고 나면 빗물에 붙어 온 모래 알갱이가 후두두 떨어졌다.

당신에게 의미란 뭔가요? 지난번에도 의미 없이는 의미가 없다고 했던 게 기억이 나요, 하고 목소리가 나긋나긋한 사람이 물었다. 교수가 되십시오, 정신을 집중해서 교수가 되기 위해 해야 할 일을 해야 할 때입니다, 하고 가부좌를 튼 남자가 다급히 끼어들었다. 교수가 되고 싶었군요, 하고 목소리가 나긋나긋한 사람이 장단을 맞추었다. 하지만 저는 당신이 여행 중인 줄 알았는데요.

여행
旅行

이사

여자는 수없이 이사를 다녔다. 그는 매일 해가 뜨기 전 일기장에 그림을 그렸는데 남아 있는 그림과 일생 동안 이사한 횟수가 얼추 들어맞는다고 하니 아무리 유람을 즐겼기로서니 비정상적으로 잦은 이사는 분명 고통스러운 일이었을 것이다. 여자의 주소지 중에는 말이 안 되는 것도 있었다. 여관 복도라던가 공중 목욕탕 같은 게 그랬다. 그 외에도 다양한 구조의 집이 여자의 일기장에 기록되어 있었고 하나같이 건축가들의 상상력을 자극하는 것이어서 한때는 연구 열풍이 일기도 했으나 제대로 밝혀진 것은 없고 하나같이 지금은 건물이 허물어지고 없다거나 애초부터 건축 기록이 없었다거나 하는 이야기뿐이어서 마지막까지 남아 있던 관심도 오십년대를 지나면서는 완전히 사라졌다.

51

여행

잔여 없는 삶이오, 라고 여자가 말했다. 잔여 없는 삶이오, 하고 화면 속 여자가 되풀이했다. 둘은 죽을 듯이 지루했다. 관계가 끝나는 소리가 여러 번 공기를 찢었다. 여자는 마음껏 진지해질 수 없었다. 자기가 하는 말이 변명처럼 들렸기 때문이다. 그는 그런 자신을 더 이상 사랑하지 않았다. 여자는 집으로 돌아와 제 고양이의 갈대숲 같은 몸통에 코를 박았다. 겨울 하늘은 흐렸고 사람들은 인사말로 미세 먼지 걱정을 주고받았다. 고양이는 보이지 않는 곳에 누워 여자를 관찰하거나 손이 겨우 닿을 거리에 등을 보이고 앉아 있었다. 여자는 근심을 곰팡이처럼 키웠다. 수도로 가십시오, 거기엔 머리와 마음을 올려둘 두툼한 책상이 있습니다, 새벽에 쓸 불과 밤에 쓸 물도 넉넉합니다, 하고 쉽게 흔들리지 않는 여자가 말했다. 하지만 여기엔 당신과 정말 닮은 남자가 있어요, 둘이 꼭 만나보아야 해요, 하고 예의 바른 여자가 말했다. 그 사람은 정말 여자와 닮아 있었다. 여자와 여자를 닮은 남자는 안개 낀 거리와 냄새나는 터널과 도시가 누워 있는 강의 변두리를 걸었다. 당신은 예술가인가요, 하고 강에 사는 사람이 남자를 붙잡고 물었다. 저는 개보다는 늑대가 좋아요, 라고 남자가 답했다. 하지만 저에게는 탑이 두 개나 있지요, 하고 남자가 이어 말했다. 여자는 그간 찢어 둔 줄금이 벌어지면서 머리 위로 눅진하게 늘어지는 것을 보았다. 틈 사이에는 별이 새고 있었다. 저는 첨탑 사이로 난 산길로 가던 중이었습니다, 하고 여자가 말했다. 좁고 구불거리고 험난해 보이네요, 하고 남자가 답했다. 강물 흐르듯 매끄러운 느낌인데요, 라고 여자가 말했다. 올해 참으로 물이 산을 덮을까요, 해가 무심합니다, 달이었던 것 같아요, 둘 다 본 날도 있는걸요, 하고 그들은 말했다. 밤이 깊자 강에 사는 사람은 기슭으로 돌아갔고 여자를 닮은 남자는 땅 밑으로 내려갔다. 여자는 도시를 가로질러 집을 향했다. 낯선 나라에선 대번 집으로 가는 길에 처음 보는 것이 나타나 등을 붙잡았다. 어느 밤엔 귀로가 십 년이나 길어지기도 했다.

겨울

여자가 그 도시를 찾았을 때는 이미 겨울 한복판이었다. 도시는 해가 짧아 일곱 시에도 하늘이 새카맸다. 거리를 따라 반듯하게 늘어선 높고 네모난 건물들은 입을 다문 채 아무 말도 하지 않았다. 사람들은 서로의 눈을 보지 않고 걸었다. 이곳은 해님의 가호를 받지 않는다, 여자는 늦지 않게 알아차렸다. 실로 도시는 뿌연 하늘을 빌미로 방위를 잃어버리고는 하였다. 한동안은 읽고 쓰는 수밖에 없다, 하고 여자는 생각했다.

행낭 두 벌을 끌고 임시 주소로 향하는 길에 여자는 이전 집을 정리하면서 쓰지 않는 집기를 팔았던 시장에 들르기로 했다. 잘못 버린 물건이 있으면 되찾고 싶었던 것이다. 그러나 막상 가서 살펴보니 도로 가져오고 싶은 것이 없었다. 여자는 그릇과 식기가 산처럼 쌓인 노점 사이를 무심히 걸었다. 간혹 이건 어떠한가 저것은 괜찮은가 하는 생각이 일면 여자는 자기 마음을 함께 저울에 올려 재보고는 예외 없이 다시 시장에 내다 놓았다. 둘 곳이 없어 제 것을 버려야 한다는 게 딱한 일이기는 하지만 갖지 않은 상태로 돌아간다는 건 몸과 엮어 둔 단순한 관계만을 남겨 비로소 그 시공에 삶을 들이는 방도라는 점에서는 자유이기도 했다. 여자는 한 집을 잃고 다른 집을 얻기 전에 삶이 행낭만큼한 부피로 줄어드는 것이 마음에 들었다.

여자는 창문이 커다란 벽면에 도착해 그곳에 짐을 풀었다. 창밖에는 이파리를 잃은 나무가 가지 끝을 펼쳐 보이고 있었다. 여름이면 저기 저 나무들 초록초록하기 우거져서 완전 이쁜데 지금은 가지만 앙상해가지구, 하고 여자를 재워준 여자가 아쉬워했다. 그러나 어차피 하루 중 대부분은 깜깜한 어둠뿐이었고 여자는 그런대로 창에 정을 들였다. 뜨거운 찻잔을 움켜잡고 침낭을 망토처럼 두른 채 커다란 창에 마주 서 있으면 바깥이 끝없이 후퇴하고 오만가지 색 어둠이 그 안에 깊이를 만들어 내는 걸 볼 수 있었다. 여자는 창문 아래 기다란 소파를 두고 하루도 빠짐없이 그곳에서 숙면하였다. 어떨 때는 여자도 이마에 검은 점이 났는데, 그 점이 점점 무거워지면 여자는 바삭하고 푹신한 나뭇가지를 자리에 깔아 머리를 땅에 붙여 목과 어깨를 재워 두고 가지고 있는 것 중 가장 아름다운 것을 그 구멍에 쏟아 버렸다. 그러다가 해가 뜰 시간이 다가오면 눈을 감은 채 아기 모양으로 쉬다가 잠에 들었다.

자리

여자는 다시 이사했다. 모르는 사람들이 다 같이 방바닥에 누워 잠을 청하는 공동 숙소였다. 그곳에는 반달 모양으로 굴곡진 몸이 서로 들고 나는 자리를 채우며 늘어서 있었다. 여자는 빈 자리를 찾아보았으나 이렇다 할 틈이 보이지 않았다. 여긴 제가 바로 전에 있었던 숙사보다도 더 열악한데요, 하고 옆에 있던 여자가 말했다. 여자는 좁다란 철제 침대가 줄지어 대강 들을 빼곡하게 채운 모양의 기숙사에 관해 여자에게 이야기해 주었다. 거기에는 침대라도 있었는데 말이에요, 하고 여자가 덧붙였다. 그들은 각자 자리를 찾아 나섰고 반각이 지났을 무렵 여자도 빈 자리를 만들어 몸을 누일 수 있었다. 이거는 계속 살 수 있는 데가 아니야, 하고 남들 숨소리를 들으며 여자는 생각했다. 집이란 적어도 창문과 대문으로 다른 사람들 출입을 막을 수 있는 장소여야 한다. 산다는 건 최소한 그런 것이어야 한다, 하고 여자는 생각했다.

다음 날 여자는 젊은 시절 함께 일한 여자를 만나러 그가 묵는 호텔 맞은편 카페에 갔다. 그는 출장차 온 김에 연락했노라고 말했고 이전에 두 사람이 모두 알던 어떤 사람과 교제 중이라고 말했고 또 이 멋진 도시를 구경할 생각에 신이 난다고 말했지만 여자는 머릿속에 온통 여자가 나온 저 호텔에 들어가 쉬고 싶다는 생각뿐이었다. 짙은 빨간색 벨벳으로 뒤덮인 건물은 모든 소리를 먹어 밤처럼 조용할 것이었다. 여자는 방이 늘어선 복도 한쪽에 움푹 들어간 허리 높이 단 하나면 충분했다. 복도에는 사람이 없을 것이기 때문이다. 혼자 살아야 한다, 하고 여자는 다시 생각했다.

여자와 헤어지고 카페를 나와 주거용 건물 사이로 높게 난 얇은 계단을 내려오던 중 여자는 판자를 목에 건 나이 든 여자 둘이 맞은편에서 이쪽으로 걸어오는 것을 보았다. 낡은 판자에는 그들이 일 년 전에 광장 부근에서 갈색 고양이 하나를 잃어버렸다고 쓰여 있었다. 저 사람들은 고양이가 없어진 지 일 년이 넘었는데도 여태 도시를 돌며 찾고 있구나, 하고 여자는 생각했다. 아마 일주일에 한두 번 시간이 날 때 되도록 둘이 시간을 맞추어 저렇게 팻말을 목에 걸고 같은 곳을 반복해서 걸을 것이다. 두 손에는 아무것도 들지 않은 채로, 없어진 고양이를 다시 기억에 끌어 올리는 고통을 반복하면서, 하고 여자는 생각했다. 여자는 그들에게 다가가 자기 역시 오래전에 검은 고양이를 잃어버렸다고 말했다. 그러고는 예상치 못한 답변을, 아, 저쪽 골목에서 봤어요, 하는 답을 들어 당황하였다. 수많은 검은 고양이 중 누가 여자가 말한 고양이인지 그들이 어떻게 아는지 알 수 없었기 때문이다. 그러나 길을 지나가다가 그들이 나누는 이야기를 들은 또 다른 행인이 맞아요, 지금 저쪽 골목 뒤에 있어요, 하고 거들자 여자는 근거를 알 수 없는 확신이 들어 그들이 가리킨 거리를 향했다.

● 프라하의 소설가 프란츠 카프카(Franz Kafka, 1883~1924)는 1927년 유고작으로 출판된 미완성 장편에서 이렇게 말했다. "그의 침대는 엘리베이터 보이들의 공동 침실에 있었다. (……) 이 공동 침실은 물론 결코 조용한 공간이 아니었다. 저마다 열두 시간의 자유시간을 쪼개서 식사, 수면, 오락, 부업 등에 다양하게 썼기 때문에 침실에는 부산한 움직임이 끊이질 않았다. 몇 사람은 아무 소리도 듣지 않으려고 이불을 귀까지 끌어올려 덮고 잤다." (프란츠 카프카, 이재황 옮김, 『실종자』, 파주: 문학동네, 2023, 160-161면)

비

여자는 며칠째 방랑 중이었다. 두 팔이 어깨 아래에서 잘린 것을 헝겊을 둘러 봉합하고 낯선 나라인 탓에 병원에 갈 엄두를 내지 못한 채 이곳저곳을 전전하다가 아차, 여행자 보험을 들지 않고 떠났구나, 하는 것을 깨닫고 망연자실하고 있었다.

어느 날은 여자가 머무르던 건물의 관리인이 여자를 막아서더니 규정 상 탁상에 책을 쌓아 두는 건 금지되어 있다고 말했다. 여자는 그 규칙에 어떤 쓸모가 있는지 알지 못해 혼란스러웠다. 사나흘 더 머무르다가 퇴거할 예정인데 그때까지 봐야 하는 책이 있습니다. 그러니 이만큼의 책 정도는, 하고 양손을 몸통보다 조금 넓은 정도로 벌려 보이면서, 괜찮을지, 하고 물으니 관리인은 이렇다 할 답이 없었다.

그날 여자가 받은 봉투 안에는 생각보다 큰돈이 들어 있었다. 동봉된 편지에는 이 돈에 대한 대가를 따로 바라는 것은 아니지만 오늘부터 나흘간 시간적 여유가 된다면 오후 세 시부터 이웃 마을에서 하는 토목 작업에 손을 거들어 준다면 고맙겠다고 쓰여 있었다. 여자는 토목은 잘 모르지만 어쨌든 오늘 다섯 시까지는 그곳에서 일을 돕겠노라고 회신하고 길을 나섰다. 그런데 주소지에 도착해 보니 공사는 모두 끝이 났고 대신 중간 크기의 광장을 가득 메운 간이침대 사이로 마을 주민들이 줄지어 서 있었다. 침대 위에는 하얀 시트와 옅은 갈색의 두꺼운 담요가 아무렇게나 접힌 채로 올려져 있었다. 여자가 배정받은 침대에는 남의 피가 타원형으로 고인 흔적이 남아 있었는데 관리자는 그것을 보고 짙은 색 헝겊을 겹쳐 두기만 했다. 여자는 헝겊에 닿지 않도록 조심스럽게 침대에 올라 누웠고, 옆 침대에 누운 산더미 같은 몸집의 여자가 두려워하며 떨고 있는 것을 보고 덩달아 긴장하였다.

    마을 사람들은 기억이 씻겨 나가는 비를 맞고 다 같이 참회하기로 결정한 참이었다. (그러나 실상 정말로 응징되어야 할 사람은 이장 하나였다.) 이장은 화학 물질을 쏟는 장대가 높이 솟아 있는 곳을 향해 담대하게 발걸음을 옮겼다. 앞장서서 망각의 비를 맞아 마을 사람들에게 본보기가 되고 그들이 결정한 미래로 그네를 인도하리라, 라고 이장은 생각하였다. 그러나 장대에서 뿜어져 나온 액체는 우산처럼 포물선을 그리며 이장의 머리 위를 지나 그와 나머지 사람들 사이에 떨어졌고 이장은 젖은 곳 하나 없이 살아남았다. 이

장의 눈이 일순간 유혹으로 빛났다. 마을 사람들을 버리고 이대로 멀리 달아나고 싶었던 것이다. 이 기막힌 행운은 가장 먼저 참회에 투신하려던 이 몸을 하늘이 기특하게 여긴 덕이 아닌가? 진실로 참회하려던 마음만으로 나는 이미 구원된 것이 아닌가? 꼭 죗값을 치러야만 참회인가? 벌을 달게 받겠다는 진심을 품은 것으로도 속죄한 것과 매한가지가 아닌가? 하고 이장은 번뇌하였다. 그때 한 여자가 그에게 달려들어 몸뚱이를 다리 사이에 구겨 넣고 장대를 가져와 이장의 몸을 똑바로 조준해 비가 그칠 때까지 그를 흠뻑 적시었다. 여자가 그토록 분노한 것은 과거 언제인가 다섯 번째 마을의 장을 마주쳤을 때뿐이었다. 이장의 옷에 비가 스며 차츰 어두운 색으로 변했다. 다섯 겹 옷 안에 접혀 있던 이장의 몸이 오름 하나 무게만큼 무거워졌다. 그곳에 올라선 여자에게도 물이 튀었다. 여자가 쌓아 둔 기억이 홍수에

떠밀리듯 쓸려가는 것을 여자는 끝까지 지켜보았다.

물

좋아하는 냄새는 거기에 다 있으니까 섬으로 가야겠다. 해 질 녘 모노레일 너머로 번지는 하늘 색을 보며 양껏 걸어야지. 숙소로 돌아오는 길에 가게에 들러 밥거리와 간식을 한 아름 사서 욕조에 비누를 풀고 라디오를 틀고 물에 몸을 담근 채로 하나씩 꺼내 먹고는 커다란 수건으로 몸을 감은 채로 선향을 태워 둔 쪽마루에 나가 어둠에 잠긴 도시를 보면 그대로 행복할 것이다, 라고 여자는 적었다. 아침엔 정원에 가서 일기를 쓰면 어떨까? 너는 이미 생각 여럿을 잃어버렸다. 네가 여전히 대화하는 걸 좋아하는 건 안경 쓰기를 싫어하는 버릇 탓이겠지, 라고 여자가 이어 적었다. 술 마시면서 남 보기 좋아하느라 잃어버린 얘기가 벌써 몇 개인지 모르겠다, 하고 여자가 말했다. 적당히 잊은 덕에 저도 여전히 여기에 남아 있는 것이 아니겠습니까, 하고 마주 앉은 여자가 답했다. 저는 아직도 당신이 궁금하지만 실은 별 의미가 없겠지요, 하고 여자는 이어 말했다. 두 여자는 남은 커피를 비웠다.

자살하는 길밖에는 더는 남아 있지 않습니다, 하고는 슬쩍 상대의 눈치를 살피는 남자를 강가에서 보았습니다, 하고 여자가 말을 이었다. 우리는 이제 서로를 부분적으로만 사랑할 수 있을 것입니다. 몸 밖으로 내보내지 않고 남긴 것, 남은 것, 그리고 삐져나오는 것을… 여자는 잠시 말을 멈추고 울었다. 애도하는 것이 내 남은 시간이 부리는 사랑입니다, 라고 여자가 이어 말했다. 여자는 자리에서 일어나 커튼을 쳤다. 나는 너무 빨리 늙는 것 같아. 가끔 오줌을 지려, 하고 여자가 말했다. 저는 얼마 전에 속옷에 대변을 묻혔습니다. 인지 능력을 잃어버린 기분이었어요. 나도 모르는 사이에 어떤 일들이 일어나는 것 같아 새삼스럽게 주변을 살펴보아도 계속해서 무언가를 놓치는 것 같았습니다. 항상 놀란 표정으로 허둥지둥하시던 우리 할머니 생각이 났어요, 하고 마주 앉은 여자가 말했다. 흰머리도 늘고요, 여자가 덧붙였다. 죽을 듯이 쓰면 흰머리 생긴다니까. 열심히 쓰는 시간을 줄이고 아무렇지 않게 쓰는 시간을 늘려야 해, 라고 여자가 대답했다. 많이 먹고 나면 반드시 체하고, 위에 구멍이 나면 아무리 커피가 좋아도 마실 수가 없잖아, 하고 여자가 덧붙였다. 하지만 우리는 언제나 피곤하고 아주 가끔 휴식할 뿐인데요, 라고 여자가 말했다. 배를 타고 더 작은 섬에 들어

갔다 와야겠습니다. 가시 없는 고등어 튀김을 먹고 바다 앞에 누워 파란색을 들여다보아야지요. 물 냄새가 필요해요, 하고 여자가 말했다.

나무

오래된 여인은 여자가 한동안 고독한 수련에 임하게 될 운명이라고 말했다. 마침 여자는 제 보잘것없는 삶에 고유한 것을 갖고 싶다는 욕망에 굴복하고 그 욕망을 보필하기 위해 무엇을 해야 하는가를 고심하고 있었다. 오래된 여인은 그가 이미 많은 것을 가졌고 수없이 많은 조력자를 두고 있으며 매일 하얗게 달군 철을 두드리고 있다고 말했다. 향이 피어오르는 노천의 탁자에서 처음이자 마지막으로 고개를 든 여인은 여자의 눈을 보고 새벽 어스

름에 일어나 비어 있는 곳을 들여다보라고 일렀다. 그들 머리 위로는 자카란다 나무가 가지를 흔들어 파도 소리를 내고 있었다. 잠시 후 영험한 여인은 작고 평범한 여인으로 돌아갔다. 밤은 다시 나무들의 지배 아래로 들어갔다.

산

지곡으로 들어가는 길은 평탄하고 아름다웠으나 입구가 한참 멀어진 지점부터는 가파르고 변화무쌍하고 복잡하고 겹쳐 있고 미끄러워서 그늘과 빛이 예고 없이 교차하고 두꺼비 소리와 새 울음이 이곳저곳에서 솟았다. 아직 익지 않은 얼굴을 한 이주민이 그곳을 찾을 때면 여럿이 길에 올라도 모두가 함께 나갈 수는 없었다. 산의 정수리를 보겠다는 포부로 능선을 밟은 자는 목소리를 내놓고서야 발을 떼고 산을 떠날 수 있었다. 산은 그 목소리를 모아 장난을 부렸다. 모든 길은 걷는 자에게서 새로 열리고 걷는 자의 뒤꿈치에서 닫힌다. 그리하여 어느 곳에서도 똑같은 길 한 폭이 주어진 적 없다. 내 땅은 너희 몸뚱이로 살찌운 흙이요 그 몸에서 싹 틔운 초록이니 길이 너희를 알맞은 장소로 인도할 것이다. 허나 욕망을 먹고 열리는 길에 한번 발이 빠진 자는 한 발도 나아가지 못할 것이다. 깃털 같던 흙보다 깊이 발자국을 낸 자는 결코 다음 자리를 얻지 못할 것이다.

산은 인간들 마음을 저울로 달아 그 무게만큼 아래로 길을 냈다. 욕망하는 인간은 욕망의 무게만큼 꺼져 들어가다가 깨달음의 순간에 정수리 위로 숲이 닫히는 것을 보았다. 산의 눈길을 느끼는 자는 공포를 동력 삼아 그곳에서 기어 나갔고, 제 욕망 속에서 헤엄치는 자는 마지막까지 환희를 환상하며 질식하였다.

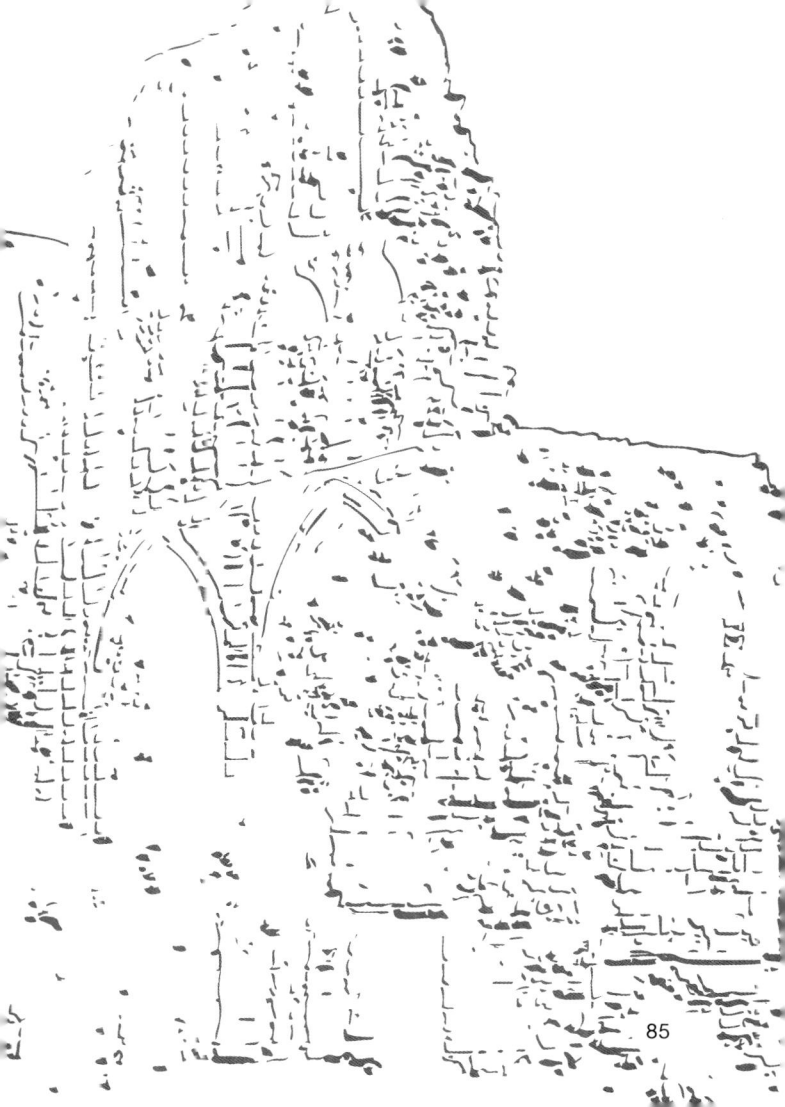

섬

여름 마을로 도망쳐 온 여자는 해가 지는 해변에 누워 있다가 옅은 갈색의 정장을 차려 입은 한 남자가 다리가 긴 삼각대를 손에 들고 목에는 카메라를 맨 채로 걷고 있는 것을 보았다. 정확히 해와 여자 사이에 멈추어선 남자는 일 분 정도 그곳에 머물렀는데 잠시 삼각대를 내려놓았을 뿐 카메라를 들거나 하지는 않아서 그저 석양을 만끽하고 있는 것처럼 보였다. 주황색 석양 사이로 남자의 각진 어깨가 만드는 그림자가 분위기가 나서 여자는 사진을 찍고 싶다고 생각했다. 잠시 후 남자는 모래에서 삼각대를 뽑아들고 다시 해변을 따라 걸었다. 여자는 같은 자리에 누워 해가 수면 아래로 떨어지는 것을 지켜보았다. 파랑과 분홍이 섞인 구름이 지평선 끝에서 뿜어져 나오고 있었다.

다음 날 아침 여자는 숙소 앞 마당에서 차를 마시고 있었다. 해가 점차 높이 떠오르자 사물들의 그림자가 서둘러 땅과 건물 사이 틈으로 달아났고 짙은 초록색이던 마당은 밝은 노랑으로 변하였다. 여자의 검은 머리카락이 갈색이 될 즈음 어제와 똑같은 양복을 입은 남자가 카메라를 목에 걸고 삼각대를 든 예의 그 모습으로 마당 앞 작은 길에 들어섰다. 남자는 느긋한 걸음으로 골목을 지나 다른 쪽 끝으로 사라졌다. 햇볕이 이렇게 뜨겁게 내리쬐는 날에 긴 소매 양복은 역시 이상하다고 여자는 생각했다. 남자는 가을에서 온 것처럼 보였다. 잠시 후 다시 나타난 남자는 한층 더 이상해 보였는데 어디서 구했는지 알 수 없는 빨간색 헬멧을 쓰고 있었기 때문이었다. 그는 왔던 길을 향해 되돌아 걷더니 금세 여자의 시야에서 사라졌다. 여자는 천천히 찻잔을 비우고 커다란 담요를 챙겨 해변으로 향했다.

모래

모든 것의 핵심으로 바로 뛰어들어야 합니다, 라고 남자가 말했다. 여자는 해변에서 요가를 하고 있었다. 살에 묻은 모래가 햇빛에 잘게 흩날렸고, 그럴 때면 여자는 몸이 살구색으로 빛났다. 여자와 친구들은 불안해졌다. 핵심에 곧장 뛰어들지 않는 삶을 오래 경영해온 탓이었다. 사랑을 하느라 미루어 둔 미래가 쌓여 작은 모래사장을 이룰 무렵 여자들은 함께 땅을 사서 해변을 한 칸 만들어 두었다. 여자들은 사흘에 한 번 그곳에 눈물 같은 똥을 누고는 모래를 덮어 두었다. 여자는 모래가 흙이 되어 여자들을 심을 수 있게 되기를 기도했다. 불안감은 전혀 느끼지 않는데요, 라고 다른 남자가 말했다. 하루를 쓰기 위해 아침에 눈을 뜰 때면 깊은 행복감을 느낀답니다, 하고 남자가 덧붙였다.❞반은 경탄하고 반은 우스워하면서 여자는 목덜미를 넓게 부풀린 뱀 자세에 접어들었다. 여자는 직접 경험하지 않은 것은 이해하지 못했기 때문에 아직 깨닫지 못한 남들 진실은 곧장 뱃속에 가두어 두었다. 그곳에선 완벽하게 완전한 것들이 매일같이 알맞은 권리를 발명하고 있었고 간혹 독창적인 연설이 나올 때면 여자도 무릎을 치며 웃었다. 이 세계 성원들은 몇 년째 우글거리면서 땅덩어리를 불려 왔다. 그들이 여자의 시간을 무한히 잡아 늘여 자신들이 존재하는 미래로 이끌기를 좋아했기 때문에 언제나 피곤했던 여자는 그들을 사랑하거나 미워하거나 그들을 사랑하는 자신을 미워했다. 지금은 때가 좋지 않습니다, 하고 여자가 말했다. 곧장 뛰어들 만큼 우리 모래가 깊지는 않습니다. 핵심이라는 게 단단하기라도 하면 머리가 깨지고 말 거예요, 하고 여자가 말했다. 그 핵심이 가운데 자리가 사실은 텅 비어 있다던데 진짜인가요? 하고 다른 여자가 물었다. 거기가 신이 드나드는 자리이니 비어 있다는 게 곧 차 있다 하는 말입니다. 시는 여유를 둠이고, 신은 빈틈없이 채움입니다, 하고 또 다른 여자가 답했다. 시인이란 신이 말을 걸어주는 자라는 걸 깨달았을 때 시 쓰기를 그만두었습니다, 라고 남자가 말했다.♠♠♠ 신은 모든 자리에 나타났다 사라지니 영감이 가고 나면 기교가 없다는 곤경에 빠질 것입니다, 하고 또 다른 남자가 말했다.♠♠♠♠ 과연 우연과의 유희가 끝난 후에는 그간 쌓아 둔 것만이 남을 것이었다. 여자는 뱀 같은 몸으로 하늘에 얼굴을 열었다. 피로한 것은 떠나보내고 연료가 되는 것은 가까이에 묻어 두세요*If it tires you, the answer is no. If it inspires you, the answer is yes*, 하고 화살 같은 햇빛이 여자의 눈을 뚫고 들어와 분명한 필체로 말했다.

- 체코와 프랑스의 소설가인 밀란 쿤데라(Milan Kundera, 1929~2023)가 1984년 대담에서 한 말이다. "생략의 기술은 본질적으로 중요합니다. 모든 것의 핵심에 바로 뛰어들어야만 해요." (김진아·권승혁 옮김, 『작가란 무엇인가 1』, 서울: 도서출판 다른, 2014, 290-291면)

- 움베르트 에코는 말했다. "(질문) 글을 쓰려고 앉았을 때 어떤 종류의 불안감이 있으신가요? (에코) 불안감을 전혀 느끼지 않는데요. (질문) 전혀 불안하지 않으시다고요? 그렇다면 그저 아주 흥분된 기분이신가요? (에코) 글을 쓰려고 앉기 전에 깊은 행복감을 느낀답니다." (위의 책, 44면) 오르한 파묵이 말했다. "시인이란 신이

▶▶▶ 말을 걸어주는 자라는 걸 깨달았다는 말로
시 쓰기를 그만둔 것에 대해 설명할 수 있을
것 같네요. 시인이 되려면 시에 홀려야
합니다. 저는 시에 손을 대보기는 했지만
얼마 후 신이 저에게는 말을 걸어주지
않는다는 걸 깨달았습니다." (위의 책, 74면)

▶▶▶▶ 콜롬비아의 소설가 가브리엘 가르시아
마르케스(Gabriel García Márquez,
1927~2014)가 1981년 대담에서 한 말이다.
"제가 글을 처음 쓰기 시작할 때 들었던
최고의 조언은, 아직 젊을 때는 영감이
끝없이 솟구치고 있기 때문에 우연에 맡기는
방식으로 일해도 괜찮지만 소설 쓰는 기법을
배우지 않는다면, 영감이 사라지고 이를
보상할 수 있는 기법이 필요하게 되는
훗날에 곤경에 빠질 것이라는
이야기였습니다." (위의 책, 374면)

산호

일기예보가 세찬 바람을 예고한 날이었지만 하늘은 맑고 악의 없는 바람은 시원했다. 섬에는 자주 노란색 햇살이 드리웠다가 사라졌고 그럴 때마다 여자는 잠시 눈이 멀었다. 투명한 물안경을 쓰고 발에 물갈퀴를 달고 바닷속에 뛰어들 때면 여자는 턱을 당겨 바다 바닥을 마주 보는 걸 즐아했는데 그러면 목뼈와 척추가 일직선이 되면서 몸이 물과 하늘 사이에 편안하게 저며 들어가고 딱 물안경만큼의 시야 안에 온갖 모양의 산호초 도시와 하얀 모래사막이 꽉 들어찼다. 목은 척추의 연장입니다. 고개를 숙이거나 뒤로 젖힐 이유가 전혀 없어요, 하고 수도에서 온 배불뚝이 요기는 말했다. 수직으로 바다에 빛을 보내는 햇빛이 마침내 해저에 닿아 무한한 깜빡임으로 산란하는 것을 보는 행운은 정녕 해와 같은 방향으로 시선을 내려 보내는 인간에게만 주어지는 것이었다. 목을 꺾어 앞을 보고 나아간다면 보이는 것은 끝없이 펼쳐진 허공일 것이고 지금 바로 몸 위로 내리쬐는 수천 갈래의 햇빛도 그것들이 사물과 만나 온갖 색채로 반짝이는 것도 알아차릴 수 없을 것이다. 여자는 모든 것을 품은 미래를 사랑했지만 자기 몸 둘 곳은 시시하게 흐르는 현재뿐임을 알고 있었다. 거기에서 마주치는 완전한 존재를 불완전하게 이해하는 것이 그가 할 수 있는 전부였기 때문이다. 그런 모양 그대로 방울방울 엮어 물안경 속을 채우는 나날이 여자에게는 구원이었다.

숨

어제 바다에서 만난 여자는 모두에게 자신만의 방식이 있는 거라고 말했다. 사랑하는 방법도 다 다른 거예요. 당신이 생각하는 사랑을 이해하고 공유할 수 있는 사람이 이 넓은 세상 어딘가에는 있어요, 라고 여자는 말했다.

어떤 건 꼭 틀린 게 아니라 다를 뿐이라는 우리 시대의 말씀에 마음을 재운 채로 살면서도 가끔 폭포 바깥에서 나는 소리에 한참 동안 귀를 기울이게 됩니다, 라고 여자가 대답했다. 이곳 하늘은 멈춤이 없고, 섬은 조용하고, 사람들은 수줍고 친절하고 무심합니다. 아름다운 건 오래 살고 이론들은 잘게 부스러져 문화의 연료가 되어 사라질 텐데 바보같이 선한 마음이 저는 여전히 제일 좋습니다, 라고 여자가 이어 말했다.

숨을 쉴 때는 시간을 들여 가늘고 길게 천천히 들이마시세요. 천천히 팽창하는 폐에서 우주가 시작하고 생물이 번멸하고 먼지가 이합집산하고 공간이 펼쳐진다는 사실을 잊지 말아야 해요, 하고 바다에서 만난 여자가 말했다.

들숨 안에 한 인간과 한 개가 서로를 사랑하고 있는 걸 알고서는 쉬이 숨을 끝낼 수 없게 되었습니다. 숨 하날 내뱉는 동안 그 우주는 쪼그라들고 충돌하고 열을 잃고 쇠락하여 소멸할 것입니다, 하고 여자가 답했다. 나의 고양이가 옆에 드러누워 숨 쉬는 모양을 가만히 보다가 내 거처는 그 애 가슴에서 부푸는 우주였다는 걸 알았습니다. 우리는 매 숨만큼 잠깐입니다, 하고 여자는 말했다.

　폐가 없는 행복한 자가 이 잔인한 순환을 관장하는 것도 그런 까닭이에요. 그이는 검게 구멍이 뚫린 제 허파에다가 공간을 이동하는 기술을 간단한 자태로 묻어놓았다고 하지요, 하고 바다에서 온 여자가 답했다. 저는 본 적이 없지만 내 개는 자주 만나는 것 같아요. 그 덕에 저와 그이는 같은 면을 마주한 자석처럼 지내고 있습니다. 결코 닿지 않아도 지구 한 바퀴를 돌아서는 끌어당기는 그런 사이가 된 게지요. 붙어 있지는 않지만 함께 있는 거여요, 하고 여자가 말했다.

● 프란츠 카프카는 1919년 출간한 단편
「가장의 근심」에서 오드라데크에 관해
이렇게 기록한다. ""너 대체 이름이 뭐냐?"
하고 묻는다. 그가 "오드라데크예요" 한다.
"그럼 어디서 사니?" 물으면 "아무
데서나요" 하면서 그가 웃는데 그것은
허파가 없이 웃는 것 같은 웃음일 뿐이다.
그것은 마치 낙엽들 속에서 나는
바스락거리는 소리처럼 들린다." (프란츠
카프카, 박병덕 옮김, 『프란츠 카프카: 변신
외 77편』, 서울: 현대문학, 2020, 288면)

여생
餘生

냄새

너는 너를 좀 그만 사랑할 필요가 있어, 라고 현명한 여자가 말했다. 그들이 마주 앉은 매트리스에는 다른 사람들 체취가 압축되어 있었다. 오랜 시간에 걸쳐 만들어진 냄새는 이불의 겉면에 덧씌운 세탁 향을 불사하고 틀림없이 그곳에 남아 자리를 지키고 있다가 예민한 감각을 가진 방문객의 삶을 파고들었다. 현명한 여자가 흘린 진실도 한치도 바래지 않고 여자의 삶에 오랜 기간 살아남았다. 과연 여자는 자신을 미워하는 방식으로 너무 많이 사랑하느라 매일 기진맥진하였다. 사랑의 의미가 절대적으로 변해야 한다는 과제는 가장 막중한 사안이 되어 십 년 동안 여자의 연구실을 군림했다. 사랑할 수 없다면 떠나보내면 돼, 하고 언 발을 두 손으로 감싸 녹이며 현명한 여자가 말했다. 이별에는 이유가 없고 있어도 중요하지 않아. 그러니까 사랑하지 않게 된 이유를 찾는다거나 자기를 끼워 맞추어 사랑을 지속하려 한다거나 하는 건 좋지 않아. 그 시간이 사랑을 위한 거였단 걸 금세 잊어버릴 테니까, 라고 말하고 여자는 두 쌍의 다리 위로 이불을 덮었다. 남을 위해 자리를 비워 두는 것과 네가 아닌 걸로 속을 채워 두는 게 다르다는 걸 이해해야 돼, 하고 여자가 덧붙여 말했다.

다음 날 여자는 집 짓는 사람들 몸에서 일어나는 자연발생적인 생태를 모방하여 제 속을 파내 몸뚱이를 텅 비우고 남은 껍질은 한없이 저며 거의 투명한 막이 되도록 만들었다. 몸에서 나온 속은 딱 그것을 긁어내는 데 쓰인 숟가락 크기만큼 올망졸망한 모양으로 형성되어 빈 몸을 굴러다니다가 서로를 요철 삼아 성 같은 것을 지었다. 여자는 자기 껍질이 최선을 다해 얇아진 나머지 어느 모르는 방문객이 무심결에 들어와 구르다가 무심히 굴러 나가는 지경이 되기를 염하였다. 그건 확실히 사랑과 닮은 모양인 것 같았다. 현명한 여자는 곧장 여자의 껍질을 뚫고 들어가 그곳에 번성하기 시작한 가치들을 쳐다보았다. 여자는 올해 그것들 사이에 나무를 심을 생각이었다.

여자

고향이 아닌 곳에서는 밤이 무섭습니다. 하늘을 가르는 비행기 소리나 땅에서 울리는 미약한 진동을 두고 여행자는 매번 죽음을 준비하지요. 닫혀 있는 문짝들은 우주만큼 검고 그 뒤로 온갖 두려운 일이 벌어집니다. 보이지 않는 걸 보겠다던 포부는 무덤같이 쌓인 사심으로 멸망합니다. 나는 현재를 보는 환희가 겁이 나 해야 할 일로 도피합니다. 허나 최고로 달콤한 건 무심을 연습하기 위해 해야 할 것에 드망을 놓는 일입니다. 무심하려는 욕심을 의심하고, 사심이라 이름 붙인 욕망을 의심하는 것입니다. 그렇게 마음은 바닥에 놓이기를 실패하고 거짓말이 난무합니다. 모든 것은 다른 것의 거짓이기 때문입니다, 라고 여자가 말했다.

동시에 여럿인 걸 동시에 사랑할 수가 있을까, 나뉘어 있기에 필연적으로 서로에게 거짓이 되는 것이 아니라? 단일하고 단단한 고향은 어떻게 얻을 수 있나? 단일하고 단단한 자기에게 정박하는 삶은 언제 발명되나? 두 번째 여자가 물었다.

저는 도시와 섬과 집과 돌산에서 반복해 둘러 두던 물건을 심으로 삼아 나를 짓습니다. 향, 컵, 실내화, 책, 그리고 일기가 나를 보살핍니다. 냄새, 물, 청결한 발, 읽을 것, 그리고 쓰기가 어디에든 집을 짓지요. 물건에 모신 신, 따듯한 것, 우주의 촉감, 뿌리가 잘린 채 피는 꽃들, 다른 마을에서 제 뚜껑을 찾은 그릇, 낯선 나라 식당 주인이 틀어 주는 고향 말 노래, 흐르는 것에 녹은 공포, 어디로든 스며드는 공포, 몸이 된 플라스틱, 몸을 떠난 머리, 따듯한 바람과 뜨거운 물주머니의 한결같은 위로를 가까이 두십시오. 겨울에도 살에 닿는 볕은 뜨겁기 때문입니다. 가능하다면 몸 안에 저절로 돌아가는 발열 장치를 드십시오. 어두운 방에 홀로 타는 촛불 주위로 나무를 심어 방풍림을 만들고 그 위로 모든 것을 유전케 하는 해를 띄워야 합니다. 내 몸에 달이 있으니 그곳에도 바다가 밀려올 것이 틀림없습니다, 하고 세 번째 여자가 말했다.

겨울에 몸을 두고 여름을 쓸 때 나타나는 여자가 있다. 추위에 살이 얇아지고 자비심이 동난 여자야말로 가장 오래된 여자다. 나는 조급하고 천박한 여자에게서 고향을 본다. 시간은 거기에서만 흐른다. 낯설지 않은 우리 자신은 반만 투명한 종이를 두껍게 덧댄 모양으로 태어난다, 하고 네 번째 여자가 말했다.

하나가 여럿으로 쪼개진 것이 아니라 여럿이 함께 있는 것입니다, 라고 다섯 번째 여자가 말했다.

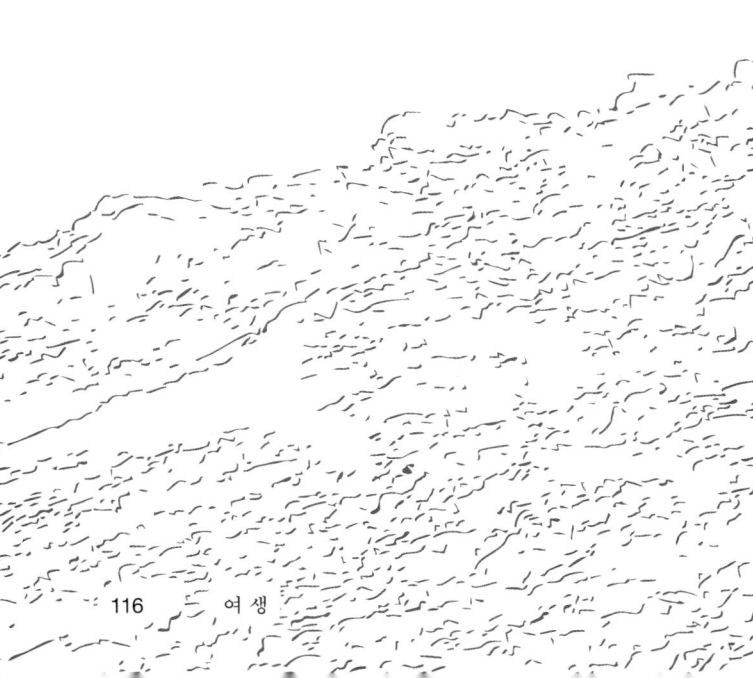

몸

여행을 하면서도 계속 불안했는데, 여자는 손으로 과일 한 조각을 집어 올리며 잠시 말을 멈추었다. 접시에는 토마토와 바나나가 잘게 썰려 있었다. 그 옆에는 커피를 담은 투명한 주전자와 두 개의 유리잔이 놓여 있었다. 누군가 탁자를 건드릴 때마다 커피의 검은 수면에 거실 창문 모양대로 떠 있던 빛이 일제히 일렁였고 그럴 대면 사람들은 제 연약한 눈에 부딪치는 해를 눈부셔하며 잠시 대화에서 벗어나 자신이 거기에 앉아 있다는 사실을 실감

했다. 다시는 그곳에 못 돌아올까 봐 그랬던 것 같아요, 하고 여자가 말을 이었다. 가야 할 곳에 모두 가보고, 그래서 만나야 할 사람들을 모두 만나야 한다는 예감에 자꾸만 사로잡히게 되는데 그 일이 거의 일생일대의 과업처럼 느껴져서 이내 미지의 장소와 만남이 제 삶을 그것이 본래 가야 했던 길로 이끌어줄 것이라는 믿음에 이르게 되는 반면 주어진 시간은 너무나 짧다는 생각이 드는 거예요. 저에게 중대한 변화를 일으킬 공간은 한이 없이 많기 때문에 저는 압도되고 맙니다. 그게 구체적인 장소가 되어 떠오를 때에는 밀도가 커지고 중력도 커지고 저는 그것이 있는 곳을 향해 끌려가다가 제 임시 거처의 방벽 어딘가에 부딪혀 볼이 눌리고 사지가 압착되고 가슴에 있는 숨구멍이 막다른 벽에 달라붙어 한 숨도 들이거나 뱉지 못하는 것입니다. 그래서 여행을 하면서 새로운 도시에 이르게 되어도 긴 시간을 옴

착달싹 못 하게 되고, 몸이 부자유해질수록 마음은 더욱 흔들립니다. 어쩌면 완전한 것들은 마음을 따르는 여행길과는 대척점에 있는 것 같습니다. 욕망하는 것에 부딪치고 부딪쳐서 어딘가 긁혀 나가고 그리하여 있어야 했던 것들이 떨어져 나가 비어 있는 자리를 바라보는 게 너무 괴롭습니다. 저는 모든 곳에 가고 싶고, 모든 걸 하고 싶습니다, 라고 여자가 말했다. 우리에게는 그렇게 되어야만 했을 일이 정말로 있는 걸까요? 그런 질문이 제 안에서 계속해서 되풀이됩니다, 하고 여자가 덧붙였다.

그게 꼭 신의 뜻이나 운명일 필요는 없겠지요, 라고 여자의 말을 듣던 여자가 말했고 마침 그때 누군가가 자세를 바꾸어 앉아 그들이 둘러앉아 있던 탁자가 다시 한번 흔들렸다. 저는 제 몸을 지배하여 자신의 뜻을 펼치는 제 욕망과 결코 절대적이지 않은 타자 앞에 엎드려 순종합니다,

하고 여자가 말을 이었다. 모든 곳에 가고 싶고 모든 걸 하고 싶다는 욕망은 필시 고통의 짝일 것입니다. 사랑하는 것만을 기록함으로써 언제나 누군가와 함께 있는 동시에 모든 곳에서 모든 것과 함께하는 데 실패함으로써 영원히 누군가와 떨어져 있을 것이기 때문입니다, 하고 여자가 이어 말했다.

얼마 전 요가를 하다가 무릎이 아파서 옴짝달싹 못 하게 된 적이 있습니다, 하고 여자들의 말을 듣던 여자가 말했다. 오른 정강이는 바닥에 내려놓고 왼 다리만 구부려 세운 채로 앞발을 단단하고 정확하게 짚어 뒷무릎에 하중이 가지 않게 조작하고 골반의 정렬을 다듬어 천천히 뒷다리를 굽혀 올리려고 하는데 오른 무릎이 바닥에 콕 박힌 채 말을 듣지 않는 거예요. 그때 처음으로 불구한 감각을 알았습니다. 몸이 내 것이 아니게 될 때의 공포 말이에요. 그건 어려운 자세를 시도할 때

오는 고통과는 완전히 다른 것이었습니다. 무섭고 서럽고 눈물이 났지요, 하고 여자가 말을 이었다. 저에게 자유는 어디든 갈 수 있다는 확신이었습니다. 언제든 비행기에 몸을 싣고 먼 나라 산속으로 떠날 수 있다고 믿고 싶었어요. 그러려면 시간과 돈과 결심이 필요한데 그걸 몰라 불행한 적도 있었습니다. 어쩌면 그 대신으로 돈에서 자유를 구했는지도 몰라요. 모든 곳에 처신할 자유는 없지만 모든 모양으로 운신할 자유는 있다고 믿으면서 말입니다. 움직이고 사유하고 달리고 헤엄치고 춤을 추면서 저는 느리게 떠오르는 몸을 상상합니다. 중력의 반대 방향으로 들어 올렸다가 중력의 도움 없이 천천히 하강하는 몸은 언제나 끝도 없이 아름답잖아요. 어쩌면 저는 날고 싶었고 날아서 가고 싶었던 걸지도 모르겠습니다. 오른 무릎을 땅에 묻고 돌이 되어 울었던 건 내가 놓인 이 작은 공간에 갈 수 없는 영역이 생기면서 비로소 이 몸의 끝을 만났기 때문일 것입니다. 나와 분리되어 버린 무한을 느끼고 무서워졌던 것입니다, 하고 여자가 단숨에 말했다. 그래서 수련이 끝나고 나면 선생님은 저희에게 두 팔을 뒤로 하고 상체를 앞으로 숙여 자신을 내려놓으세요*Put your arms back, lay down your head, and surrender*, 라고 말씀하시지요, 라고 여자는 말했다.

돌

인간 종을 어찌 보시오, 하고 여자가 물었다. 여자는 살이 쪼그라들어 주름이 가득한 팔로 찻잔을 집어 들었다. 제 이종을 절멸케 하여 저 혼자만이 종을 이루는 생물이 되고서는 그런 자신을 가리켜 지혜로운 호모라 부르는 우리 인간 말이오, 하고 여자가 이어 말했다.

저보다 강한 종은 그네 탁월한 기술인 예속으로 지배하거나 학살로 없애 왔지요, 하고 다른 여자가 말했다. 남과 다른 것으로서는 같이 사는 법을 못 배우고서도 여태껏 살아남은 탓으로 손수 지성을 뭉쳐 만든 아종과 전쟁하여 파멸에 이름이 그네의 다음일 것으로 봅니다, 하고 여자가 이어 말했다. 지성을 자랑으로 삼고 나머지는 여자들에게 주었던 인간들에게는 그러한 자가당착이 아직도 당혹스러운 일이지요, 하고 여자가 덧붙였다.

역시 사람이 없는 것이 좋겠습니다. 또 다른 여자가 말했다. 숨 쉴 자리가 모자란 도시야 말로 우리가 그토록 사랑하던 현대성의 정수가 아닙니까? 숨이 짧은 자는 설 곳이 없는 것이 이곳의 미덕이라 배웠습니다, 라고 말한 뒤 여자는 조용히 숨을 들이켰다. 자백하건대 한때는 이 죄 없는 도시를 미워했습니다. 허나 조상이 살을 떼어 올린 땅을 어찌 싫게 여길 수가 있겠습니까. 실로 저는 이제 이 도시를 어여삐 생각합니다. 대로의 끝길마다 어김없이 나타나는 산등성이가 좋고, 골목마다 빼곡히 박힌 성실한 삶의 흔적이 좋습니다.

예술로 지어 붙인 인위의 멋도 사랑스럽습니다. 새벽녘 인적이 없어 한산한 때 길이 걷는 이에게 속박되지 않은 채로 구불거리며 끊어지는 곳 없이 뻗어 있는 것을 볼 때 솟는 기쁨이 찬란합니다. 그럴 때는 긴 밤을 난 바람도 근심하는 도시인의 숨이 섞이지 않아 낮의 그것과는 달리 양껏 상쾌합니다, 하고 여자가 이어 말했다.

하루가 아직 시작하지 않은 때에 좁고 아름답지 않은 내 연구실에서는 열네 벌의 걸상이 아무도 태우지 않은 채로 저마다 고요를 즐기는 것을 아시오, 하고 여자가 다시 입을 열었다. 난리법석하지 않는 칸에서는 그들 사이로 종잇장처럼 끼어들어가 나란히 사색하는 것이 허락되더이다. 사람이 멀고 사물을 가까이 두고 싶은 시절에는 사물의 시간을 사는 것이 상책이오, 하고 여자는 웃었다. 나는 내 뜻으로는 이제야 공부를 시작한 셈이외다. 돌을 맞부딪혀 불을 만드는 법을 깨치지 못하여 헛되이 충돌을 반복하는 자를 나로 생각하면 틀림이 없을 것이오. 나의 돌은 한없이 쪼개어지기만 할 뿐 작은 불꽃 내는 법을 몰랐다오. 머지않아 그것이 부스러기라 부르는 것이 적합할 지경이 되면 불을 내려던 뜻도 내려놓으리라, 하며 이른 애도를 준비하기도 하였소. 소진하되 도로 차지 않는 것을 쥐고 앞길을 내다보면 한 치 앞은커녕 발께조차 까마득하여 당장을 가늠할 수 없었소이다. 허나 돌이 닳아 없어지기 전에 미약한 불이라도 단 한 번 솟는다면 그것을 마른 종이에 옮겨 다음을 도모할 수 있는 것이 아니겠소? 누군가는 말하길 그이는 자신을 태워 빛을 내는 것들을 사랑한다고 하더이다, 하고 여자가 말을 이었다. 눈이 반짝이는 것이 지복을 깨친 자로 보였소만 모든 빛은 재를 남기고 그것은 차가운 아침 바람을 만나 쓸려나가기 전까지는 삶의 한구석에 정직하게 축적하기 마련일 터이니 그이 또한 쓰고 거친 시간을 안고 사는 중에 있는 것이 아니었겠소, 하고 여자는 말했다.

마음

그래서, 하고 여자가 말했다. 중요한 건 이 든 거죠. 실패할 거면 안 할 것인가. 성공할 일만 할 것인가, 라고 여자가 말을 이었다. 결과와 보상과 대가를 생각하지 않으면서 행하는 게 수행이에요. 무엇이 돌아올지에 연연하지 않는 것, 그러면서도 가는 것, 그것이 헌신입니다, 라고 말한 뒤 여자는 탁자에 놓인 커피잔으로 손을 뻗었다. 잔이 접시에 닿는 소리가 가게에 울려 퍼졌다. 해가 뜬 지 얼마 되지 않은 때였다. 한산한 거리는 서서히 달아오르고 있었고, 창에는 서리가 부풀었다가 사그라들기를 반복했다. 마음은 물질입니다. 우리가 그것을 떼어 놓고 볼 수 있다는 점에서 그렇습니다. 마음은 관망할 수 있는 대상이지 우리 자신이 아니에요, 하고 여자가 이어 말했다. 마음을 물건처럼 앉혀 놓고 바라보다 보면 내게 영원히 붙어 있는 속성인 줄로 알았던 것이 사실은 언제나 부단히 흘러가고 있었다는 걸 알아챌 수 있습니다. 마음이란 것의 시선은 우리를 향해 있는 게 아닙니다. 언제나 우리 너머에 있는 무언가를 따르며 움직이고 있지요. 잘 생각해 보세요, 라고 여자가 말했다.

마음에 관하여는 앎이 일천하지만 신심이란 그 대가로 무언가를 얻기 위한 방편이 아니라는 것은 알겠습니다, 하고 맞은편에 앉아 이야기를 듣던 여자가 말했다. 그것은 여자가 잠자리에서 읽는 소설 속 장수가 한 말과 꼭 같았다. 지난밤 장

수는 오래된 저택에 갇혀 함께 있던 주정뱅이와 지주와 도박꾼과 강간범과 살인자와 힘을 합쳐 그곳을 빠져나가기 위해 고군분투하고 있었다. 수단으로서 행하지 아니함은 목적 삼아 행함일 것이고, 그것은 또한 자기를 살찌우려는 관심 대신 자기를 텅 비우는 기행에 몰두함을 뜻하리라 짐작합니다, 라고 말하며 여자는 자신의 마음을 내려다보았고 일순간 그것이 꽉 차 부동하고 있음을 알았다. 해야 할 것과 하고 싶은 것이 머리를 두 쪽으로 쪼개는 것을 보았습니다. 양자를 택일할 것으로 둔 탓이라는 조언도 들었고 땅으로 내려오고자 한다면 필히 할 수 있는 것이라는 그릇에 담겨 그 모든 것이 하나가 된다는 말씀도 받아 들었습니다, 라고 여자가 이어 말했다. 삶은 대부분이 대가의 사슬로 채워져 있는 것 같습니다. 행함을 두고 의미를 밝히는 일에 유별한 마음으로는 그것이 어찌 결과를 헤아리는 일 없이 연결되어 있을 수 있는지 가늠하기가 어렵습니다. 빛은 이것저것의 얽혀 있는 모양을 소상히 드러내고, 그늘은 얽힌 것이 물링하게 차이를 잃어 그러한 방식으로 뭉쳐 흐르게 합니다, 라고 여자가 단숨에 말했다. 힘을 빼는 법은 더 이상 힘을 쓸 수 없을 만치 힘을 다하는 길 위에 있다는 말씀을 해주신 적이 있습니다. 핵심에 곧장 뛰어드는 일은 그 핵심을 넘어서는 것에 열려 있음과 동행한다는 말씀도 해주셨습니다. 도달하고자 하는 것과 그것의 의미와 그러기 위해 행함을 분별하는 방법이 아니고서는 어떻게 매일을 꾸려나갈 수 있는지 알지 못하겠습니다, 라고 여자가 말했다.

해야 하는가, 해야 한다면 할 수 있는 것이 무엇이고 할 수 없는 것이 무엇인가, 할 수 있는 범위에서 내가 하고 싶은 것은 무엇인가, 하는 것을 잘 구분해야 헷갈리지 않을 수 있어요, 라고 여자가 답했다.

열려 있다는 것은 얼마나 많은 경우의 수를 통제하는가의 문제가 아니라 이런 방도가 잘 풀리지 않았을 때 그로부터 몸을 돌려 다른 방도를 취할 준비가 되어 있는가 하는 문제입니다, 하고 여자가 이어 말했다. 예측할 수 없는 상황은 무수하게 일어나니 모든 변수를 내 길이 뜻하는 바에 맞게 정돈할 수는 없을 거예요. 미리 머릿속에 그려둔 것만을 받아들인다면 새로운 것을 만나는 일은 없을 테니 사는 재미도 없겠지요. 하지만 상황에 마주해 어떻게 대처할 것인가는 우리에게 달려 있어요. 이별하였을 때 우아하게 낙담하길 원하는가, 막힌 길 앞에 섰을 때 의연하게 옆길을 헤아려 나아갈 수 있는가, 미래를 불확실한 것으로 두고도 행할 수 있는가, 결과와 보상과 대가의 자리를 비워둘 수 있는가, 거기에 실패가 있어도 갈 것인가, 하는 것 말이에요, 하고 여자가 말했다. 마음을 떼어내 세계에 흘려보내면 그것이 바람입니다. 바람이 저 해류를 타고 돌고 돌아 재차 내가 있는 곳을 스칠 때 우리는 내 것이던 그것을 틀림없이 알아볼 수 있을 것이고 바람은 비로소 세상 한 바퀴를 이룰 것입니다. 만일 바람이 고통이 되었다면 그건 물살이 세어진 탓이에요. 너무 많은 파도가 들어차 어느 너울도 제 파장대로 움직일 수가 없게 되었을 때 헛되이 더 높은 파고를 재촉하는 바람에 그렇게 된 것이지요. 하지만 가두리의 모서리 하나를 깨고 더 넓은 바다를 몸으로 삼을 때가 오면 저만큼 한 바람은 고통이길 멈추고 길이 될 것입니다, 라고 말한 후 여자는 눈을 초승달 모양으로 만들며 웃었다.

● 일본의 소설가 미야베 미유키(宮部 みゆき, 1960~)는 소설 「구로타케 어신화 저택」에 이런 말을 적었다. "신심이란, 그 대가로 무언가를 얻기 위한 방편이 아니라는 것쯤은 알고 있네." (미야베 미유키, 김소연 옮김, 『눈물점』, 서울: 도서출판 북스피어, 2020, 581면)

남

예민한 사람들은 편안한 장소에서 쉬는 게 진짜 중요하대요. 그런데 편한 곳이 도대체 뭔지 조사를 해 보니 뭐였는지 아세요? 털이었어요. 폭신폭신한 털 뭉치를 안고 만지고 하면 정말로 쉰다고 느낀대요, 하고 코트를 입은 여자가 말했다. 전 올해가 참 좋았어요. 고향이 지척인 이 도시가 좋았고, 찾아간 골목마다 예뻤고, 집에서 마음 편하게 푹 쉰 기분이에요. 작년에는 낯선 나라에서 많이 걷고 헤매고 추워했잖아요. 그 전에는 여기에 집을 두고도 내 자리가 아닌 것 같아 내내 바깥을 찾아다녔고요, 하고 패딩을 두 겹 껴입은 여자가 말했다. 맞아요. 오랜만에 본 건데 편안해 보여요. 우리 집에 있는 내 정든 사람처럼 얼굴이 피었어요, 하고 여자가 말했다. 우주가 저를 구해주고 있었던 거네요, 하고 여자가 말했다. 여자의 마음속에는 새하얗고 털이 긴 고양이가, 다른 여자에게는 털이 짧고 검은 고양이가 둥실 떠올라 있었다.

 뜨거운 나라에서 여름을 보내고 돌아오니 오 년을 키우던 커피나무가 농담처럼 죽어 있었어요, 하고 여자가 다시 입을 열었다. 유리 한 겹 창가에서 여느 날과 같이 해를 보다가 한숨에 밀어닥친 겨울을 맞으며 죽었을 거예요. 마침내는 물이 흐르리라 기대를 하다가 일순간 배신 되었음을 깨닫고 죽음을 택했겠지요, 하고 여자가 말을 이었다. 떠나 있는 동안 나는 그 애를 잊었던 거예요. 나무 많은 나라에서 매일 다른 초록을 만나 감탄하면서도 내 나무는 잊었습니다. 여행이 끝나고 집에 돌아와 창가에 섰을 때야 밀려오는 거예요. 소중했지만 잃어버린 것, 한때 만개했으나 시든 것, 놓친 것, 놓은 것, 빈 땅을 애도하며 머물렀던 모든 것이, 라고 여자는 말했다. 이 도시의 은행나무는 죽은 잎을 끝없이 뿌리에 보내면서도 아스팔트에 가로막혀 제 잎을 먹지 못합니다. 낯선 나라에서 본 보라색 나무는 백 년을 키운 가지 하나를 사고로 잃었습니다. 그동안 나의 커피나무는 목이 말라 죽었습니다. 그들이 세모를 그리며 빙글빙글 돌다가 이렇게 이야기하더라고요. 숨을 쉬는 게 얼마나 기적 같은 일인지 다시 생각해, 너에게 내 잎을 준다는 게 얼마나 큰 사랑인지 생각해. 저는 커피나무와 함께 할머니가 되는 상상을 오래오래 했었습니다, 라고 여자는 말했다. 얼마나 오래 지속할 사랑인가를 시험하던 내 망자들 옆에 방금 떠난 커피나무가 자리 잡았습니다. 하지만 때때로 이리로 돌아와 그림자를 비추기로 했어요. 겨울밤 붉은 조명 뒤로 창문에 그리던 작은 야자 모양 그림자를요. 그런 날이면 얇은 그릇에 물을 떠 주기로 했습니다. 우리는 천천히 오래 기억되기로 했어요, 라고 여자가 말했다.

나의 안녕을 내가 아닌 누군가에게 맡기는 건 위험한 일인 것 같아요. 나의 행복이 다른 이의 안녕에 좌지우지된다는 것이 말이에요, 하고 이야기를 듣던 여자가 말했다. 하물며 신이 아닌 우리 중 누군가에게 매일의 행복을 담보 잡히는 건 너무 위험합니다. 언제든 병 들고 늙고 변하고 죽을 수 있는 저 이를 따라 내 마음도 한 번은 죽을 것임을 감수하는 일이니까요. 제 마음을 남에게 두기로 하는 모든 사람은 무모하고 용감해요, 라고 여자가 말했다.

관계가 환희를 지나 영원한 슬픔에 이를 때 우리는 두 갈래 길 앞에 섭니다. 망각과 단절을 통해 슬픔으로부터 자신을 구하는 길이 하나입니다. 그곳에서 인간은 사랑이 기쁨임을 믿고 자신을 건강하게 돌보지요. 다른 길에서 우리는 부재와 고통이 된 남을 내 속에 살려 두려고 애씁니다. 그곳에서 사랑은 슬픔과 둘이 아닌 것이 되지요, 하고 여자가 다시 말을 이었다. 아마 슬퍼하는 마음은 한시도 빠짐없이 거기에 있었을 것입니다. 무릎과 턱을 마주 대고 한 치 거리도 없이 몸을 포개던 시절에도 우리는 피할 수 없는 이별을 예감하면서 슬퍼했으니까요. 그 슬픔이 곧 사랑임을, 내내 슬퍼하기를 선택하면서 사랑해 온 것임을 이제는 알고 있습니다. 어느 것 하나 사랑이 아닌 것이 없습니다, 하고 여자가 말했다.

애도와 사랑은 그렇게 가깝습니다. 떠난 이는 우리 속에 없는 듯이 머무르다가 문득 없던 것을 짓지요. 그림과 시와 기억인 것을 제 자리 삼아 떠난 채로 사는 것입니다, 하고 여자가 답했다. 관계를 내 뜻에 태우는 일은 그렇게만 가능한 것일지도 모르겠습니다. 너의 존재함이 내 안의 심지를 따라 오고간다는 뜻에서 말입니다. 그런 사랑에서 애도란 우리의 한계를 껴안은 채로 사랑하는 일일 겁니다. 이별 앞에서 우리는 그런 사랑도 찾습니다. 구하고 있었던 것입니다, 하고 여자가 말했다.

잔여

중요한 것에 집중하고 있으면 다른 중요하지 않은 것들은 중요하지 않게 됩니다. 마음이 괴로운 것은 중요한 것에 시간을 쏟고 있지 않기 때문입니다. 중요하지 않은 것들이 중요한 일인 듯한 모습을 하고 삶을 침범해 올 때 삶은 허망해지는 것 같습니다. 중요하지 않은 것에 쏟은 시간만큼 삶이 상실되기 때문입니다. 우리 자신은 그것에 진실하게 임했음에도 불구하고 말입니다. 기억함으로써 자괴할 것과 그러지 않기 위해 망각한 것으로 시간을 채울 때 삶은 잔인하고 혐오스러운 것이 됩니다. 우리 자신이 그것에 진실하게 임했을 경우 더욱 그렇습니다. 그러나 삶이 허망한 것은 삶의 탓이 아닙니다. 삶을 중요한 것으로 채우지 않기로 한 선택 탓입니다. 그러니 중요한 것을 사랑하는 삶을 살아야 합니다. 중요한 것을 삶의 한가운데로 가져와 그것에 미간을 박고 몸을 거꾸로 세우면 온몸만큼의 중력이 그곳을 거쳐 세상으로 돌아갈 것이고 오직 그렇게 할 때 우리는 사는 시간을 삽니다. 그것이 우리가 땅과 빛 사이에서 만들어내는 모든 것입니다, 라고 여자가 말했다.

어제 본 영화에 그런 게 있었어요.● 새벽녘 이웃의 마당비 소리에 잠에서 깨 어제 잠자리에서 읽다 만 소설책 귀퉁이를 접어 두고, 자기를 씻고 식물에 비를 내리고, 문을 나서며 하늘을 보고, 집 앞 자판기에서 커피를 뽑아 봉고차에 타서는 카세트테이프를 하나 골라 들으며 출근을

합니다. 일하고, 점심을 먹으면서 하늘 사진을 찍고, 공원에 차양을 둘러 사는 사람과 손인사를 하고, 역참에 있는 밥집에 갔다가, 집에 와 이부자리를 펴고 소설을 읽습니다. 그러다가 졸음에 책을 든 손목이 꾸벅꾸벅 꺾이면 색이 없어 모든 것이 그늘 모양으로 된 꿈으로 돌아가 그날 남은 장면을 갈무리하지요, 라고 여자가 말했다. 그이의 매일은 한 주를 넘지 않아요. 주말이 오면 카세트테이프를 앞으로 감아 처음으로 돌려 두고, 빨래를 하고, 문고판 소설을 새로 사고, 필름을 현상하여 사진을 정리합니다. 그렇게 매일과 매주를 잔여 없이 살 때 삶은 접었다 편 자국으로 물렁해진 빈 종이 같아지겠지요. 기쁠 때 겹쳐 둔 걱정 없이 웃고, 아름다운 걸 볼 때 셈하는 마음 없이 사랑하고, 오래된 것이 다른 덜 중요한 것에 가려 헷갈릴 일 없이 중요한 것으로 남을 수 있을 겁니다. 그러면 때가 왔을 때 중요한 것을 중요한 것으로 대할 수 있을 거예요, 하고 여자가 말했다. 그렇게 해서 남은 것들이 저는 좋습니다. 기슭, 모양이 잡히지 않은 채로 인쇄된 것, 사랑하던 것의 몸을 따라 흐르는 곡선, 칼산이라 불리는 돌동산의 적의와 자비, 둥근 산보다는 미늘진 산이 내 속과 은밀히 통하였노라 말하려던 글, 잔여 없이 삶, 과거에 주는 권위, 혹은 충분히 씻기지 않은 과거, 잔여 없는 삶, 오래 살았음에도 불구하고, 깨끗한 웃음, 그런 게 저는 좋습니다, 라고 여자가 말했다. 매일 밤 잠잘 집을 찾는 이유가 여기에 있습니다. 그늘만 남은 꿈에 들어가 남은 것을 정리하고 남을 것을 남기고 싶어요, 라고 여자는 덧붙였다.

그거 아세요, 하고 다른 여자가 말했다. 꿈은 뇌에 있는 정보가 조각모음 되는 과정이래요. 서로 떨어져 있는 잔상을 이어 붙여서 용량을 확보하는 거예요. 장면들이 무작위로 달라붙어 만들어지는 게 굳이고요. 갑자기 이상한 게 튀어나오고 들이 안 되게 전개되고 하는 건 그런 탓이라는 거예요, 하고 여자가 말을 이었다. 그렇다기에는 꿈이 그 정도로 무작위는 아니지 않나요, 하고 또 다른 여자가 물었다. 저는 어제 어느 상가 오 층에 있는 미용실을 찾아가느라 이십 이층부터 지하까지 층층이 헤매는 꿈을 꾸었는데 좀처럼 미용실이 나타나지 않은 것은 이상하고 괴로운 일이었지만 전체 내용은 통일되어 있고 세부 에피소드들도 다 말이 되었어요, 하고 여자가 말했다. 여자의 의문에 대해 아무에게도 그럴듯한 답이 떠오르지 않아 잠시 정적이 흘렀고, 여자들은 이내 각자의 생각에 빠져들었다.

● 빔 벤더스(Wim Wenders, 1945~) 감독이 2024년 영화 '퍼펙트 데이즈'에 그린 장면들이다.

포옹

이것은 나와 내가 둘이서 한 몸으로 움직이는 고난도 합동 자세로, 완벽한 합치나 만족은 불가능하니 그런 목표는 미리 내려놓는 게 좋다. 시작은 내 치부를 찌르면서 꼭 껴안는 것이다. 빠르게 움직여야 성공할 수 있지만 느리게 왔다 갔다 하는 것이 나을 수도 있다. 또 다른 나를 잠깐 움켜쥐었을 때는 자랑스럽고 당당한 표정을 지어야 한다. 두 명분의 네 다리를 지탱하기 위해서는 배꼽과 골반 사이 균형을 가늠하는 감각이 필요하다. 서로를 밀어내고 있는 구부린 다리를 위해서는 오랜 시간을 들여 만든 허벅지 근육이 필요하다. 서로를 지탱하고 있는 두 곧은 다리를 위해서는 과신전하지 않는 신중하고 건강한 무릎이 필요하다. 몰래 다가가서 잡는 일에서 시작하지만 언제나 포옹으로 끝나야 한다.

잔여의 글쓰기

글쓰기

얼리티라는 환영을 깨고 진실을 하나의 환영적 효과로 보여주는 중요한 장치입니다. '여자' 또한 무언가를 잣는 일을 하는 존재일 것입니다. 여기서 '잣다'란 어딘가에서 뽑아 올려 만드는 일을 뜻합니다. 그렇습니다. 이 이야기를 잣는 것이 바로 인용입니다. 가장 성스러운 책이라고 이해할 수 있는 경전을 두고서 보르헤스가 '모든 경전은 픽션'이라고 말했을 때 우리는 인용으로 끝없이 증식하는 텍스트의 우주를 떠올립니다. 불교의 경전은 '여시아문(如是我聞):이와 같이 나는 들었다'로 시작합니다. 그리고 『여자』의 문장들은 '-라고 말했다'로 끝맺습니다. 어느 날 제가 인간은 신이 아니어서 동시에 모든 것일 수 없다, ▰▰▰ 라는 『여자』의 한 문장이 좋다고 말한 적이 있습니다. 저자는 그런 말이 너무 섣부른 지식인, 통달을 자처한 사람처럼 보이지 않을까 걱정스럽다고 했습니다. 별스럽지 않게 웃어넘겼지만, 지금에

강박일지도 모릅니다. 그러나 순수 내재성 안에서는 오히려 이러한 '인용'이 필요 없을 것으로 생각합니다. 그러므로 『여자』의 글쓰기는 분열증적인 '되기'의 글쓰기라기보다 다분히 대타 관계에 놓여 있는 비내재성의 글입니다.

    소설(novel)은 화자의 내면성으로 몰입하고 깊게 침잠하여 동화하게 하는 장치를 지니고 있습니다. 그렇기에 소설은 일관성 있는 내면성과 플롯을 지니고, 그곳에서 읽은 이가 안전하게 유영할 수 있게 만듭니다. 그런데 『여자』의 문장은 그것을 의도적으로 끊어내며, 오히려 우리가 '되기' 속에서 다른 존재로 이행할 수 없도록 틈을 만들어냅니다. 그런 이유에서일까요, 요즘 문학의 주요 형식을 거론할 때 소설(novel)보다는 픽션(fiction)이라는 말을 선호하는 것 같습니다. 픽션이란 말은 꾸미고 '만들다'라는 뜻의 fingere, fictor을 어원으로 가지고 있습니다. 이것은 리을 자아내는 것은 이러한 인용의 드러내기 때문입니다. 전통적으로 인용은 권위를 빌려 글의 주장을 보증하기도 하고, 저자의 독창성과 기존 담론을 구분하는 실선 역할을 하기도 합니다. 그러나 『여자』의 인용에서 드러나는 것은 실선과 구분이 아닌 '공집합'의 공동체, 항상 무엇에 이은 글쓰기라는 운명입니다.

이러한 의미에서 『여자』의 화자가 익숙하지 않다는 걸 새삼 생각해 볼 필요가 있습니다. 이 낯섦은 무엇일까요? 불화하는 목소리의 직업은 철학자, 소설가, 모험가, 의사, 학자, 예술가 등 대단히 다양합니다. 소설가 안에 또 다른 소설가가 있기도 하고 여자이면서 남자이기도 합니다. "-라고 말했다"라는 말의 출처 속에 분열증이라 부를 수 있는 '-되기'의 과정이 남아 있는 것일까요? 가히 제한할 수 없는 잠재성 안에서 차이로서 태어나는 존재를 내면성으로 돌려보내는 것은 우리 시대의 더 이상 그 어떤 독창성도 없다는 단언이 과장이라고 할 수는 없을 것입니다. 어떤 글이든 앞서든 뒤서든 간에 무한한 이야기 안에 있는 한 단락입니다. 그런 의미에서 누군가 말했던 것처럼 모든 작품은 아직 쓰이지 않는 작품의 서문입니다. 글 쓰는 존재란 우리의 이야기가 우주 속에서 항상 연결되어 있다는 것을 보편적인 사실로 제시합니다. 그는 홀로 작품을 창작할 수 있는 낭만주의적 천재가 결코 아닙니다. 숨겨져 있는 인용부호가 끝없이 증식하는 세계가 바로 무한한 우주입니다. 보르헤스는 그것을 도서관의 이미지에 빗대어 그려냈습니다. 이 책을 지은 여자도 모든 것을 담은 책이 실종된 채 그것에 관한 인용만으로 증식하는 도서관에 관해 이야기합니다. ❞글을 쓴다기보다 글을 만나면서, 다르게 표현하자면 이야기를 만나면서 인용하는 행위가 바로 글쓰기입니다.

『여자』의 문장이 인상적인 아름다움

습니다. 바로 불안의 정조 속에서 홀로 웅크리고 있는 현존재의 고독한 장소에 머무르지 않아야 한다는 점입니다. 이러한 현존재는 죽음에 이르는 것을 숙명으로 삼아 자기의 유한성—이라 말하지만 그 자체가 가능성인—을 인식합니다. 만약 이 시(時)의 제 목적을 '죽음'에 근거하여 사유한다면, 오직 현존재 내에 머무른 닫힌 대문자 주어(나)만 남게 됩니다. 그렇다면 이것은 글을 쓰는 존재로서의 우리가 아닐 테고,『여자』의 글쓰기도 아닐 것입니다.

앞선 여자는 '모든 글쓰기가 여자에서 시작되었는지도 모른다'고 말했습니다. '여자'가 남은 자들을 의미하는 것이라면, 글을 쓰는 것은 글쓴이가 아닙니다. 오히려 글과 만남으로써 비로소 글 쓰는 존재가 출현하는 것입니다. 그렇기에 글은 불현듯 떠오르는 번개처럼 나타나 항상 무엇인가를 '잇는' 글입니다. 글과 존재에는

는 인간의 가장 오래된 정신의 한 형식을 보려고 하는 것은 아닙니다. 그것은 차라리 역사라 불릴 수 있고, 기원에 관한 글쓰기라고도 불릴 수 있을 그 무엇입니다. 인간을 보편적으로 정의하는 것은 시간과 글쓰기의 관계 안에 있습니다. 인간의 보편적 정의를 '글 쓰는 존재'라 정의했을 때 주목해야 할 것은 또 다른 시성(時性)의 출현입니다.

 인간과 글이 어째서 시간의 출현과 같다는 것일까요? 글은 자신이 탄생할 적에 어떠한 조건도 요구받지 않습니다. 다만 떠오릅니다. 삶 또한 그렇게 불리는 순간에 이미 시성(時性)이며, 이유 없이 출현하는 근원적인 순간입니다. 그리고 살아갑니다. 삶과 글쓰기는 꿈(夢)과 환영(幻)의 무대이고, 물거품(泡), 그림자(影), 이슬(露)처럼 사후에 내려앉으며, 번개(電)와 같이 하늘을 갈라 내리칩니다. 이러한 심상 속에서 '우리'가 조심해야 할 것이 있니다. 하지만 글의 시작이 언제인지 혹은 글과 더불어 이야기는 언제 출발했는지 '우리'는 알 수 있을까요? 저는 방금 우리라고 말했습니다. 어렵게 사용해야 할 말은 아니지만, 쉽게 제시할 수도 없는 개념입니다. 왜냐하면 '우리'는 맨손으로 쥐기에 너무 뜨겁고, 장갑 낀 손으로 잡기에는 정말이지 따뜻한 말이기 때문입니다. 한편으로는 그 어떤 주어보다도 정치적이면서 가장 경계 없이 사용되어 불편함을 자아내는 말입니다. 그런 '우리'의 영역에 '글 쓰는 존재(호모 스크립토르, Homo Scriptor)'를 넣어보았으면 합니다. 인간을 정의하는 숱한 '호모'들의 범람에 이제는 넌덜머리가 날지도 모르겠습니다. 문학성이 깊게 배어있는 이 말에서 낭만주의자의 목소리가 들릴지도 모릅니다. 아마도 낭만주의자는 이 시성(詩性) 안에서 인간의 보편적인 본질을 보았다고 선언할 것입니다. 하지만 이 자리에서 시(詩)라고 하로소 수백수천의 인간적 시간이 시작합니다. 인간의 시간은 남겨진 문자에 의해 출현하고, 이것을 우리는 다른 이름으로 '역사'라 부릅니다.

책과 인간은 닮아서 아이러니하게도 자기의 무게를 알지 못합니다. 인간은 몸의 무게를 느낄 수 없고, 저울로 잴 수 없는 삶을 버겁게 짊어집니다. 아마도 삶 속에 들어 있는 '이야기' 때문이지 싶습니다. 누구에게나 이야기는 자기를 넘어섭니다. 장정본을 집어 든 손목의 시큰한 뼈마디도 이러한 이야기의 무게 때문이 아닐까요? 온전히 측정할 수 없는 것이 책을 이루고 있다면, 이 무게는 아마도 '단어의 부피'에서 비롯됐을 것입니다.

단어의 부피란 무엇일까요? 『여자』에 쓰인 단어의 개수를 센다면 커다란 돌을 닮은 이 책의 무게를 정확히 계산할 수 있을까요? 확실히 이 책은 '이제서야' 꼴을 갖췄지만, 글은 오래전에 시작했을 일입

밤이 품어준다.
밤이 말을 삼켜준다.

말을 삼켜주는 종이가
배경이 되어준다.
그렇게 잠에 든다.

라고 강정아가 말했습니다. '여자여 어디에 있는가'를 물으며 주소를 알 수 없는 글자들을 수소문하는 여자의 여정에 작은 돌을 얹으니 그 자리에 비석을 업은 책 한 권이 나타났습니다. 그것이 품은 백여 장의 종이에는 온갖 여자(餘字)가 새겨져 있었습니다.

 이 장정본은 손목을 저릿하게 할 만큼 강한 물성을 지니고 있습니다. 한 권의 책은 자기 꼴을 갖추기까지 하나일 수 없는 복수의 시간을 교차합니다. 표지에 음각으로 새겨진 돌이 수십수만의 지질학적 시간을 단단히 삼키고 있고, 그 돌에서 비공백을 품은 안개가 어둠을 재촉한다.

잔여는 밤이다.
밤은 적막이다.
적막은 고요한 방이다.

고요한 방은 허구다.
척박한 침대는 쓸쓸함이다.
그래, 잔여는 쓸쓸함이다.

쓸쓸함은 겨울에서 온다.
들떴던 생명이, 제풀에 지쳐 금세
곯아떨어진다.

고된 것이 무엇인가
무언가를 기리고 바랐던 일이
애타는 일이었음을 그 애탐이
삶의 기특함이었음을

똬리를 틀고 겨울잠을 잔다.

가끔, 그렇게 잊어버린,
잃어버린 자리를
찾고 싶어 되돌아가지만
나의 자리는 없다.

여자(餘字)여.
어디에 있는가.

여자(女子)여.

모든 글은 여자에서
시작되었는지도 모른다.
평생 사랑을 찾아 헤맸던 어느 시인의
독백을 떠올리며, 그 자리에 덩그러니
놓여있던 작은 돌에 대해 생각한다.

가끔, 말을 잃어버리고,
입술이 희끗해지고
시선이 지평선 너머로 향할 때,
눈동자의 응시가 여명을 마주할 때

나를 너라고 부를까.
너를 나라고 부를까.

너는 나가 궁금할까.
나는 너가 궁금할까.

나와 너, 사이에 두고 있는
수많은 말을 삼킨다.

그리울 때, 글을 쓴다.
그리움을 느끼지 못할 때는
나와 너의 자리가 사라진다.

문득 찾아온 감정이 쓰기를 재촉한다.
그제서야, 쓰고자 했던 것이 있었구나
하는 것을 깨닫는다.

나를 나라고 부르지 않고
너로 부를 때
쓰기는 어떻게 시작될까.

여자 2

다. 그러니 글을 읽다가 혹 자신의 흔적을 느꼈다면 그것은 분명히 본인 것이다.

어지러운 글을 돌과 나무에 새겨 이 세상에 남겨 준 히스테리안 출판사에 감사드린다. 정아는 내가 홀로 떠난 여행에서 보고 듣고 마주친 것들이 궁금하다며 긴 시간 눈을 보며 질문해 주었고, 그 덕에 나와 도시들이 갖던 언제든 사라져 없어질 관계에 이렇게 다른 사람을 초대할 수 있었다. 병우는 내 지푸라기 같은 생각에 단단한 돌을 굴려 와 동산을 만들어 주었고, 그 덕에 나는 자갈이 모래가 될 때까지 몇 시간이고 걸어 다닐 수 있었다. 동료의 두등을 타고 나는 우리가 된다. 우리는 간단히 지우지 못할 역사를 한 줄기 남기고 싶어 종이에 글을 새긴다.

긁어 넣는 대신 그 시간을 삶으로 채워 살았을 것이다. 어쩌면 유별난 애도 없이도 완전한 삶이 거기에 있다. 제 행복과 불행을 내보이려는 사사로운 마음이 없이 이름과 자리만을 가진 채 모든 곳을 굴러다니다가 해가 내리는 곳에서 때때로 남의 살을 타고 흐르는 것이면 되는 것이다.

우리는 오늘도 서로에게 바짝 끼어서 산다. 얼굴을 보지 않기 위해 문을 닫아 두고 문고리를 매개 삼는 수고를 하면서도 만남을 멈출 수 없는 것이다. 우리는 자신을 한 번도 하나로 완성한 적이 없다. 내 어머니의 야윈 몸 반을 받아 앞으로 쓸 몸을 만들던 시절부터 지금까지 나는 한시도 순수한 적이 없다. 내내 갈라지고 접히고 섞이느라 비우고 가르고 뚫리기를 거부하면서 선을 넘나들고 있을 따름이다. 이 책도 묻고 듣고 궁금해하고 번갈아 비우고 채워 넣으며 함께 즐거운 시간을 보냈던 모든 사람들 몸으로 만든 물건이에게 글쓰기란 기대하고 의존하고 의탁해 온 긴 역사에서 새로울 것 없는 새 얼굴이다. 하지만 그이를 새로운 신으로 세운다 한들 글쓰기는 우리를 돌아보지 않는다. 매 순간에서 걸어 나와 글을 쓴다는 것은 삶을 뜯어내 그 시체를 흘리며 자취를 남기는 방식으로 죽음을 대비하는 일에 다름 아니기 때문이다. 삶을 갖지 못해 글을 쓴다는 저 이야기는 가난한 삶에 대한 자백이다. 그러니 글쓰기는 완벽하게 신의 반열에 오른다. 신은 인간을 완성하지 않는다.

2

이 책은 글로 남지 않은 여자들을 애석해 하던 시기에 썼다. 헌데 한데 묶어놓고 보니 슬픈 감상보다는 멋쩍은 안도가 남았다. 글로 남지 않은 자는 글 속에 제 삶을

서 시작했다.

우리가 가질 수 있는 건 기억이 아니다. 추억도 아니고 교훈도 아니고 장면도 대화도 아니다. 우리가 갖고 싶어 했던 건 모두 몸에 녹는 것이었다. 우리가 가질 수 있는 건 쓸 줄 아는 몸뿐이기 때문이다. 이내 쓰고 마는 몸, 쓰지 못할까 두렵다고 쓰는 몸, 그런 모양으로 허공을 지나는 몸밖에 없다. 다른 도리가 없다.

돌이켜 보면 읽느라 소란스러운 날과 글쓰기가 무섭게 침묵하는 시간을 번갈아 노니는 것이 저 없는 신을 찾는 내 노력이었다. 쓰는 몸이라는 것도 만물이 들어찬 삶과 의미가 비어 생긴 허공 사이를 거미줄처럼 오가며 스스로를 지어 태어난 신이었으리라.

신을 죽인 줄 알고 자신을 섬기다가 타자의 얼굴을 모으며 글을 짓는 것이 우리네 사람들이 해방하는 길이라면, 현대인에서 신을 구하느라 온갖 부재 곁을 서성이든, 있는 것이 있는 동안 만지고 돌보고 가두고 이름을 쓰고 삼키고 죽여 신으로 삼든, 인간은 신 없이 살기를 싫어하는 것이다.

나도 어태 많은 신을 섬겼다. 시작은 부모가 보여 준 전생들이다. 내 어미의 어미와 아비의 아비는 내가 한 생으로는 이룰 수 없을 많은 삶을 물려주었다. 기쁨은 현재가 되어 소진하고 고통은 기록되어 기억한다는 것을 생이 시작하기 전부터 배울 수 있었던 건 그 덕이다. 그로부터 나는 두려워하는 마음과 초월하고픈 염을 지어 두었고, 그게 내 신들의 조상이 되었다.

이후로 나는 무조건적인 사랑과 좋은 대화를 섬기었고, 철학과 문학, 낯선 도시, 먼저 죽은 사람들, 같이 사는 고양이가 까만 털을 반짝이는 밤을 신봉했다. 이윽고 나의 신은 새벽녘 글쓰기에서 나를 구원하였다. 그래서 이 책은 애초에 이런 글에

1

인간은 신 없이는 살 수가 없는 걸까? 여자는 신을 찾아 오래 떠돌아다닌 것 같다. 그 신이 어떤 모양인가 하는 것은 실로 다양하다.

매사에서 신을 보는 자는 인간과 물건을 받들어 신으로 삼는다. 그들은 제 신이 바로 그런 모양으로 구불거리는 육체를 선택하였다는 사실을 음미하며 산다.

보이지 않는 것을 보고 들리지 않는 것을 들으려는 이는 어떠한가. 그들은 매사가 깃든 몸뚱이 대신 그 살에 접한 허공을 본다. 현재를 통해 과거나 미래에 빠져들고, 지금 있는 것을 통해 없는 자들을 가늠하는 것이다. 이들은 제 존재를 다른 이들이 오가는 매개로 삼는다는 점에서 근본적으로 제사장이다.

어느 쪽이든 간에 긴 시간에 걸쳐 인간의 신은 안팎으로 인간을 지탱한다. 초월

와서 보니 그 고민들이 『여자』 곳곳에 남겨져 있습니다. '여시아문'이 텍스트 '사건'을 확정하지 않기 위해 '들었습니다'라고 했다면, 이 장정본의 무거운—이제 무겁다는 말을 저는 다른 의미로 사용하고 있습니다—책은 아직 익지 않은 여로(旅路) 위에 있습니다.

  이 긴 배웅글의 시작을 한 권의 책이 지닌 '무거움'에서 시작했습니다. 그리고 그 무게는 여자-여행-여생으로 '이어진' 한 권의 책을 이룹니다. 그런데 중력이 깃든 이 이야기들 속에는 사라진 원고가 있습니다. 종이 위에 거대한 말이 들어찰 때 어떤 말은 불현듯 나타났다가 순식간에 꺼져 버립니다. 삶과 글쓰기가 내리치는 모습(꿈夢, 환영幻, 물거품泡, 그림자影, 이슬露, 번개電)을 떠올리면, 사라졌지만 여전히 깃들어 있는 원고, 즉 초고(草稿)의 빈 자리를 기억하게 됩니다. 단단한 껍질과 **땅**을 뚫고 올라온 풀처럼 글이란 틈과 함께 나타납니다. 초고는 영원을 약속하는 책의 첫 장을 열어 멈춰있던 시간을 흐르게 합니다. 그러한 의미에서 초고는 글이 태어나는 공간인 동시에 무덤입니다. 이 책에도 초고에는 있었지만 책에서는 사라진 것, 종래에는 사라지지 않고 『여자』에 무게를 덧대고 있는 바가 있습니다. 이 글이 길어진 것은 어쩌면 이 말을 하기 위해서였는지도 모릅니다.

　『여자』는 산문의 형식에 따라 이어지고 있습니다. 직선으로 내달리는 플롯이 아닌 인용으로 구불구불하게 이어지는 글입니다. 소설가 이상(李箱, 1910~1937)의 어떤 한 문장은 두 손으로 한껏 가려도 문장의 마침표를 지울 수 없을 만큼 깁니다.●●●● 그런데 이상의 이 한 문장만큼 산문의 성격을 잘 보여주는 것은 없을 겁니다. 이야기가 경제성에 제한받지 않는 이 기가 막힌 낭비는 이 책의 저자가 그 아름다움을 흡족해하는 종류일 것입니다.●●●●● 조화

(Cosmos)의 모습보다는 비정형(l'informe)적인 문장들이 서로를 '잇는' 산문의 형식을 닮아 있을 텍스트의 우주를 상상해 봅니다.

『여자』의 저자는 초고가 머릿속을 스쳤을 때 손에 한 권의 책을 쥐고 있었다고 말했습니다. 독일의 소설가 제발트 (Winfried Georg Sebald, 1944~2001)의 책입니다. 부지불식간에 한 이야기에서 다른 이야기로 넘어가고 화자가 뒤섞이는 이 책의 말하기 방식은 제발트의 '산문 소설'(prose *fiction*)의 영향을 받았을지도 모르겠습니다.

그러고 보니 '여자'의 초고에는 분명 제발트에 대한 단상이 남겨져 있었습니다. 그러나 이 단단한 책 안에는 '제발트'에 대한 직접적인 언급이 없습니다. 우리는 이 사라진 원고와 남겨진 원고 사이에 있습니다. 제발트에 대한 '여자'의 단상은 사라진 것이 되어 『여자』의 '무거움' 속에만 남았습니다. 사라진 초고에서 제발트가 어떤 문장으로 등장했었는지 이 글에서 밝히지는 않을 것입니다. 다만, 제발트가 항상 자기 책에서 고백적으로 남긴 글쓰기에 대한 고민, 그가 실험했던 '산문'이란 형식에 관한 생각을 인용하겠습니다.

> 너무도 자주, 너무도 갑작스럽게 압도하는 기억에서 나를 지켜내기 위해서는 오로지 글을 쓰는 길밖에 없다는 것도 사실이다. 그 기억들이 내 머릿속에 갇혀 있었더라면, 날이 갈수록 점점 더 무거워져 결국 나는 그 짐을 감당하지 못하고 쓰러지고 말았을 것이다. 기억들은 몇 달, 몇 년 동안 우리 마음속에서 잠자면서 소리 없이 점점 더 자라나다가, 결국 어떤 사소한 일을 계기로 되살아나 기묘한 방식으로 삶을 향한 우리의 눈을 멀게 한다. 그 때문에 나는 얼마나 자주 나의 기억들과 이 기억들을 글로 옮기는 작업을 굴욕적이고, 결국은 저주할 만한 일로 느끼곤 했던가! 하지만 기억이 없다면 우리는 무엇이 될까?██████

이것으로 배웅하는 글을 마치겠습니다,
라고 강병우가 말했습니다.

◼ 이 책의 174면에서 강정아가 말했습니다.

◼◼ 이 책의 23-24면에서 김민주가 말했습니다.

◼◼◼ 이 책 7면에서 김민주가 말했습니다.

◼◼◼◼ 이상이 「지팡이 역사」(『날개』, 서울: 디자인이음, 2017)에서 썼습니다.

◼◼◼◼◼ 이 책의 40면에서 김민주가 그런 말을 했습니다.

◼◼◼◼◼◼ 제발트가 『토성의 고리』(이재영 옮김, 파주: 창작과비평사, 2011, 299면)에서 말했습니다.

구석기 시대의 사람들은 동굴 벽에 그림을 남겼고,
이집트인들은 글과 그림을 결합해 사후의 세계를
기록했다. 그러나 그들의 언어는 오랫동안 해독되지 못한
채 형태로만 남았다. 1799년 로제타 마을에서 발견된
석판은 세 가지 문자로 같은 내용을 담고 있었고,
그로써 잃어버린 언어가 다시 읽히기 시작했다.

김민주 작가의 '여자, 여행, 여생'을 사후 세계로 향하는
여행으로 해석하고, 이집트 문양보다는 '새김'의
매개체인 돌에 집중했다. 로제타석의 구조를 빌려 읽히지
않는 표면이 새로운 의미를 만들어내는 과정을 탐구하며,
기록이 시간과 맥락 속에서 다시 해석될 수 있음을
보여주고자 했다.

*필립 B. 멕스. 황인화 옮김. 『그래픽 디자인의 역사』.
미진사. 2011.*

디자인 장희문
아이디어가 시각 언어로 잘 전달되도록 돕는
나이스콜라(nice.cola) 스튜디오를 운영한다.

여 자 *leftovers*

초판 1쇄   2025년 11월 18일

지 은 이   김민주
펴 낸 이   강정아
편 집 인   강병우
디 자 인   장희문
검   수   이인현
인   쇄   상지사

펴 낸 곳   히스테리안 출판사
등   록   2018년 4월 5일 제2018-000092호
문   의   www.hysterianpublic.com
              hysterian.public@gmail.com

I S B N   979-11-978389-8-9 90800
가   격   18,000원

Copyright © All Rights Reserved.
책에 수록된 글에 대한 저작권은 저작자에게 있습니다.
저작자와 펴낸이의 사전 동의 없이 무단으로 사용할 수 없습니다.

인쇄 및 제본 상태에 이상이 있는 책은 구입하신 서점에서
교환해 드립니다.